# 捨てられ令嬢が憧れの宰相様に勢いで結婚してくださいとお願いしたら逆に求婚されました

宮永レン

24307

角川ビーンズ文庫

suterarereijou ga akogare no
saishou sama ni ikioi de kekkon shitekudasai to
onegaishitara gyaku ni kyuukon saremashita

ステラ・レイ・
ボードリエ
20歳。王太子に
婚約破棄された伯爵令嬢。
ルドヴィクの絵を
描くのが趣味
ルドヴィク・
ミシェル・
ラフォルカ
40歳。
王弟で宰相
捨てられ令嬢が憧れの
宰相様に勢いで
結婚してくださいと
お願いしたら
逆に求婚されました

グエナエル・バロー・ラフォルカ

王太子。
ステラの元婚約者

カミーユ・フルマンティ

男爵令嬢で、
王太子の新しい婚約者

エレンヌ

ステラの侍女

Characters

suterarereijou ga akogare no
saishou sama ni ikioi de kekkon shitekudasai to
onegaishitara gyaku ni kyuukon saremashita

本文イラスト／テディー・ユキ

## プロローグ　～捨てられた令嬢～

「ステラ。おまえとの婚約は、今日をもって解消する」

　久しぶりに婚約者から呼び出されたので、部屋を訪問したら第一声がこれ。

　まだ着席もしていませんけど？

　私は新緑色の瞳が揺れそうになるのを、ぎりぎりで耐えた。

　かたや婚約者――グエナエル・バロー・ラフォルカは、上質な天鵞絨を張ったソファにふんぞり返って脚を組んでいる。二十二歳の彼は一般の成人男性よりも背が低いことを気にしているのか、自分を大きく見せようと、よくこういう格好をする。

　グエナエルが首を傾ければ、光る絹糸のような癖のない髪が揺れた。青灰色の瞳は、少し目尻が下がっていて蠱惑的な一面もある。だが尊大に吊り上がった眉と、口元に浮かぶ歪んだ笑みのせいで、魅力は半減どころか「無」だ。

　素材はいいのに残念な人、これが私の婚約者。

　いくらこのルニーネ国を統治している王家の嫡男とはいえ、その態度はお世辞にも行儀がいいとは言えない。

「お言葉ですが、殿下……結婚式は三か月後ですよ？」

私――ステラ・レイ・ボードリエは部屋の入り口に立ち尽くしたまま、努めて冷静に微笑を浮かべて返答した。

久しぶりに王宮へ呼ばれたので何を着ていこうか、と悩んだ時間は無駄だったようだ。小花の刺繍が施されたミモザ色のドレスを選び、それに合わせてメイドが背中まである淡い茶色の髪を、かわいらしく編みこんでハーフアップにしてくれたのに。

するとグエナエルは、わざとらしく大きなため息をつく。

「結婚証明書にサインした後では、面倒な手続きが増える。だからその前に呼んでやった。そんなこともわからないのか」

「そういうことを聞きたいのではなく――」

「父上からの許可はもらった。あとは、ほら、ここにおまえのサインが入れば正式な書類として認められる」

すでにソファの前のローテーブルの上には、一枚の用紙とインク壺に立てられた羽根ペンがご丁寧に用意されていた。

「失礼ですが、婚姻は家同士のもの。本来この署名欄はボードリエ家の現当主、私の叔父のサインが必要なのではありませんか？」

「あんな田舎まで許可を取りに行っていたら、いつになるかわからないだろう？　俺は一日でも早くおまえとの関係を解消したい」

グエナエルの眉間のしわが深くなる。

「理由を……お伺いしてもよろしいでしょうか？」

私は震える右手を、もう片方の手でぎゅっと握り込んで尋ねた。

「俺はここにいるカミーユと人生を歩んでいくことを決めた。おまえはもういらない」

実のところ、入室した時からずっと気になっていた。王太子の隣にぴたりとくっつき、お互いの小指を絡めて座っている小柄なご令嬢が何者なのか。

「フルマンティ男爵家の長女、カミーユ・フルマンティと申します。この度はわたしたちの為にわざわざお越しくださり、ありがとうございますぅ」

長い黒髪を深紅のリボンで飾っている彼女は、きゅるんとした曇りない瞳を私に向け、ぽってりした唇の間から感謝の言葉を零した。

（んん？　そこ、お礼の言葉を言うところだった？）

私は微笑を顔に張りつけたまま、ゆっくりと首を左に傾けた。

「殿下。曲がりなりにも我が家は伯爵家でございます。家格でいえば男爵家よりも上のはず。その方との結婚に、どんな利益がおありなのです？」

気を取り直して正論を口にすれば、グエナエルは鼻の頭にしわを寄せた。不機嫌な時によくする彼の癖だ。

「家格だの利益だの、カビの生えたような古いしきたりなどに縛られない生き方をすると、俺は決めたのだ。カミーユを愛している、理由はそれだけだ」

ドヤっと胸を張ってみせたグエナエルの肩に、カミーユが幸せそうに頭をもたせかける。

（いったい私は、何を見せられているのかしら？）

そこには完全に二人の世界が出来上がっていた。ぽやぽやと春の香りのする花が二人の周りに零れ落ちる幻影すら見える。

「カミーユが二十歳のうちに結婚したいというので、その願いを叶えてやりたい。今回は伯爵代理でおまえのサインでもいいことにしてあるから、早くしろ」

なんて自分勝手な人だろう。

ぐっと唇をかみしめる。

私だって今年で二十歳だ。婚約の手続きをしたのは十年も前。

貴族令嬢として、これから婚活をするにはやや遅い部類に入るだろう。婚約中、指一本つないだことはないと主張しても、世間は穿った見方をして私との結婚を敬遠するかもしれない。

黙って妃教育を受けてきた結果が、一生独身コース？

きっと私に何か落ち度があったのだろう。

気づかないうちに、グエナエルの不興を買っていたのかもしれない。ここ数か月、顔を合わせる時間が減ってきて、薄々そんな気もしていた。けれど彼も将来のため多忙な公務に勤しんでいるのだと、前向きに捉えていたのに。

私はグエナエルの苛立たしげな視線に気づき、諦めて肩を落とした。

「わかりました」

頷きながら二人の前の椅子に浅く腰かける。

羽根ペンを取り、書面に目を落とした。『婚約解消についての同意書』と上の方に書かれており、すでにグエナエルの自筆の署名、そして彼の父の署名もあった。

国王が決めたのならば、それに背くことはできない。

震えの止まらない右手で、なんとか自身の名を書き記した。

「よし。これでおまえとの婚約は解消だ。もう下がっていいぞ」

虫を追い払うみたいに、しっしっと手を振りながらも、嬉しそうににやけるグエナエルの顔を尻目に、私は彼の部屋を後にする。

「解消」とはいうものの、実際はグエナエルからの一方的な「破棄」という方が正しい気がする。

扉を閉める直前、二人の甘ったるい声が聞こえたような気がしたが、勢いよくドアノブを引いてそれを遮断した。

衛兵に睨まれたが「たてつけが悪いようですわ」と、にこりと笑って会釈をし、その場を足早に立ち去る。

「これから、どうしようかしら」

はあ。今後のことを考えると気が重い。

とぼとぼと一人で王宮の長い廊下を歩き出す。

半円状の天井には天使や女神が描かれ、支える柱には金細工が施されていた。これまで幾度となく通ってきたこの通路も、今日で見納めかと思うと感慨深い。

窓辺から見える薔薇園を見つめながら、グエナエルとのドラマチックな思い出でもあるかと思ったが、何一つ浮かんでこなかった。

「……涙も出ないわ」

すん、と気持ちが冷めて鼻で息をつく。

どうぞ愛する人とお幸せに。

「そうよ。落ち込んでいたって仕方ないわ。殿下より、もっとも一っと幸せになって、私との婚約を破棄したことを後悔させてあげる！」

たとえ悪いのが私だとしても、自分の幸福を願うくらいはいいわよね。

正直なところ、自分勝手ですぐに不機嫌になるグエナエルのことは、好きになれなかった。だが結婚して何十年も一緒にいれば、家族としての愛が生まれるかもしれないと期待していた。そうでなければ悲しすぎるから。

唯一いい点があるとすれば――。

「ステラ」

心地のよい落ち着いた低音の声が真っ直ぐに届いて、私は薔薇園から通路の前方に向き直った。

陽光をたっぷりと浴びた蕩ける金の髪をなびかせながら、長身の男性がこちらに向かって歩いてくる。背中に高貴な白薔薇を背負っている眩しい幻影が見え、今にも天井画の天使たちの歌声さえ降ってきそうな神々しさだ。

「ルドヴィク殿下」

王弟であり、この国の宰相も務めるルドヴィク・ミシェル・ラフォルカは、グエナエルの叔父に当たる。

齢四十とは思えない若々しい見た目に加え、聡明かつ実直で部下からの信頼も厚い彼が独身ともなれば、憧れる人間がいないわけがなかった。

私も例にもれず、そのうちの一人だ。

婚約者がいるくせにいいのかって？

密かに王弟親衛隊なるものが貴婦人たちの間で発足しており、ルドヴィクの魅力について語り合ったり、彼の活動内容を毎月まとめて文書にしたものを発行したりしている。既婚、独身問わず入隊を許されているのだから、私が心の中で憧れるだけなら問題ないでしょう。

（はあ……今日も殿下のお顔は天才）

目がくらむような尊さに、思わず胸が震えてしまう。

「兄から話は聞いている。私の甥が許しがたい決断をしたと」

目の前で足を止めたルドヴィクに見惚れていると、現実を突きつけられて私は一気に気分が沈んでしまった。

「ええ、はい。本当に、私の十年を返していただきたいです」

十歳の時にグエナエルに見初められてから二十歳になるまで、生まれ故郷を離れ、厳しい妃教育にも耐えてきた。

同年代の娘たちが茶会を楽しんだり、町へ出かけて欲しいものを吟味したりしている間にも、自由を奪われ、勉強のためにタウンハウスと王宮の往復のみ。たまに馬車で出かけるのは王都の近くの児童養護施設への慰問など福祉活動に限られていた。

「私に何かできることがあれば言ってくれ」

普段は凛々しい眉のラインが、わずかに八の字に寄せられる。どんな難しい案件にも冷静に対応するという宰相が、ほんの少し困った顔をしているのだ。

（ああ、今すぐキャンバスに写し取りたい……！）

描くものがここにないのが悔やまれる。せめて記憶の中に深く刻んでおこうと、ルドヴィクの尊い面立ちをじっと見つめた。

グエナエルとの婚約は解消され、もうここへ足を運ぶこともなくなる。つまり憧れの人とこうして会話をするのも、今日でおわりということ。

勉強が難しかったり、故郷が恋しかったりして王宮の薔薇園で泣いていた時、声をかけてくれたのがルドヴィクだった。子どもの頃を懐かしみ、色とりどりの花をぼんやりとスケッチしていた時に、絵を褒めてくれたのも彼だ。当時、宰相に任命されたばかりで忙しかったはずなのに、一人でいる私を気にかけてくれたことも嬉しい思い出。

グエナエルにお茶会をすっぽかされた時には、クッキーを包んで持ってきてくれて薔薇園のベンチで一緒に食べたこともある。

ふと、ルドヴィクが婚約者だったら、今こんな惨めな思いはしていなかっただろうかという考えがよぎった。

普段であれば、忙しい彼を慮って、『大丈夫です』の一言で済ませるところだが、グエナエルにさんざん好き勝手なことを言われ、部屋を締め出されたばかりで感情が制御できない。

ルドヴィクが婚約者だったら――？

この先、行き遅れと言われて肩身の狭い思いをするのなら、最後くらい憧れの人に好きなことを言っても、罰は当たらないわよね。どうせルドヴィクも断るに決まっているのだから、『冗談です』と笑えばいい。それが一番すっきりする。

「では、王家の一員であるルドヴィク殿下が責任をもって、私と結婚してくださいませ！」

勢い任せで出た言葉は、淑女らしさの欠片もない図々しく恥知らずなものだった。

悪いのはグエナエルであって、ルドヴィクには微塵も責任はない。彼にとって完全にとばっちりだ。

当然ながらルドヴィクは、数秒間目を丸くしていた。

（ああ、どんな表情も愛しい。けれど――）

いくら十年間王太子の婚約者だったからと言って、一回り以上も年の離れた娘からの常識外れの提案は、不愉快極まりないに違いない。

はっきりと断られたら、さらに惨めな気持ちになるし、やはり早くこちらから冗談だと言って逃げよう。

「……な、なーんて。驚きまし――」

「わかった、君の望みを叶えてあげよう」

引きつった笑みを浮かべた私が最後まで言い終えないうちに、ルドヴィクがすぐに言葉をかぶせてきた。

湖水に似た、澄んだ青い目が細められる。それから自然な動作でその場に跪いたルドヴィクは、私の手を取り、甲にそっと口づけた。

「私と結婚していただきたい、ステラ」

頭の中で祝福のファンファーレが、うるさいくらいに鳴り響く。

ちょっと待って。

勢いで言っただけなのに、嘘でしょう!?

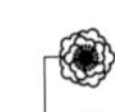

# 第一章　憧れの宰相様に求婚されました

真っ黒な雲から大粒の雨が地面にたたきつけるように降りしきり、一寸先も見えない状態だった。

ひっきりなしに光る空、耳をつんざくような雷鳴。

歩き疲れ、なんとか辿り着いた大木の根元に、私たちは身を寄せ合って座り込んでいた。

すすり泣く声が隣から聞こえ、私はワンピースの裾を絞りながら小さくため息をつく。

「だいじょうぶです。きっとすぐに見つけてくれますよ」

そう励ましの言葉をかけると、金髪の男の子はぎゅっと服の袖を摑んできた。

「ステラはこわくないのか？」

「こわくないです。グエナエル様が一緒ですから」

そんなのは嘘だった。私はまだ十歳だし、なんの力もないのだから。

いくらここがボードリエ家の領地だとしても、帰り道もわからず、野生動物が急に襲ってくるかもしれない状況で平気でいられるわけがない。

現に唇は真っ青になり、体は震えが止まらない。しかしながら隣にいる男の子は自分よりも二つ年上だというのに、さきほどからずっと私にしがみついて離れないし、私以上に怯えている。

（私がしっかりしないと）

なにせ彼はこの国の王太子。その身に何かあったら、責任をとらされるのは我がボードリエ伯爵家だ。きっと私も怒られてしまう。そっちの方が嫌だった。

私の言葉に少しだけ安堵したのか、グエナエルは手を緩めた。

「服が泥だらけだ。母上にしかられる」

情けない声を上げてグエナエルが鼻をすする。それは雷に驚いた彼が慌てて駆け出し、絡まった草につまずいて転んだ結果だった。

この日、ラフォルカ王家は、休暇の一環でボードリエ伯爵領を訪れていた。その中で狩猟をすることになり、領地内の森へ来た。危ないからと止められたものの、グエナエルが一緒に行こうと誘ってくれたので、私も行けることになったのだ。

はじめのうちは護衛の大人もそばにいたのだが、グエナエルはいたずら好きなのか、森の中を冒険しようと言いだした。

こっそりとみんなの目を盗んで姿を消すのはかくれんぼみたいで楽しかったし、グエナエルが手を引いてくれたので頼もしかった。

ところが、しばらく進んで道に迷った頃には、グエナエルは私の背後にぴったりとくっついて背中を丸めて歩いていた。そのうち雨も降ってきて今に至る、というわけだ。

「ぜんぶ、私のせいにしてください。怒られるのは慣れていますから」

大きな木の幹に背中を預け、座り込んでいた私は眉尻を下げた。

「な、泣いていたこと、誰にも言うなよ」

徐々に落ち着いてきたのか、グエナエルは目元をぬぐってむくれた。

「言いません」

口は堅い方だ、と思う。

私は、にこっと笑ってみせた。

「……おまえ、なかなかかわいげがあるな」

「へ？」

「よし。俺の家来――いや、妃にしてやる」

グエナエルは小鼻を膨らませて、自慢げに提案した。

不安で寂しいこの状況から気を紛らわすための言葉だと思い、私は素直に礼を言った
「うふふ。ありがとうございます」

――のが、不遇の十年の始まりになるとも知らず。

やがて雷鳴が遠ざかり、雨の勢いも弱まって葉の間から陽が射し込んできた。

雫が落ちる音に混じって人の声が聞こえ、私はハッとして立ち上がる。ずっしりと水気

を含んだ服が重くてよろけた。

「殿下を呼んでいますよ!」

ぬかるみに足を取られながらも、目を輝かせてグエナエルに笑いかければ、またすぐそばで男性の声がしたので元気よく前を向いた。

「こっちです!」

私は思い切って大きな声を上げる。

緩くなった地面を走ってくる足音と共に、背の高い男の人が細い枝葉をかき分けて姿を現した。

「グエン!」

王太子をそう愛称で呼んだのは、グエナエルをずっと大人に成長させたような見た目の青年だった。

外套の裾や足元を泥だらけにし、頭の先からずぶ濡れになっている彼の頭上に陽の光が降り注いでいる。

(なんだっけ、メイドが読んでいた大衆紙に書いてあった、水も滴るいい男……こんな人のことを言うのかしら?)

輝く金色の毛先から伝い落ちた美しい雫が、整った鼻筋の脇を通って顎の末端から零れた。青い瞳は、サファイヤの純度を限界まで磨いたような透明さだ。

──私は、一目で心を奪われた。

「叔父上！　来るのが遅すぎます」

少し前まで濡れ鼠のように縮こまっていたグエナエルは、すっくと立ち上がり、鼻の頭にしわを寄せた。

「グエン。それにステラ嬢も、無事でよかった」

青年はホッとしたように歩み寄って、上着の中から乾いたケープを取り出し、私の体を包むようにかけてくれる。

その温もりがとても嬉しかった。

「俺の方が先ではないですか？」

「震えているレディの方が優先だ。今に護衛の者たちもやってくる。歩けそうなら行こう」

青年はグエナエルに苦笑して答えると、私の頭に優しく手を置く。

なんと驚くべきことに、彼はパッと見ただけで私がまだ震えていたことに気づいたのだ。

「ボードリエ伯爵も心配していたよ。これからは黙っていなくなったりしないように」

温かい声色が心に沁みて、それまで堰き止めていた涙が解けるように溢れてきた。

「ご、ごめんなさい……」

新緑色の瞳を潤ませて私は泣きじゃくる。

「もう大丈夫」

服が汚れるのもかまわず、グエナエルの叔父だという人は屈んで目線を合わせると、春風のように穏やかな笑みを浮かべる。

聖人君子――本を読んで覚えたばかりの言葉が頭をよぎった。

「叔父上。そんなことより、ご報告したいことがあります！」

突然、グエナエルが泣いている私の腕をグイっと引っ張った。

「俺はステラを妃にすると決めました」

それって、誰かが見つけてくれるまでの『ごっこ遊び』ではなかったの？

私はぐすっと鼻をすすった。

「悪いが、ステラは私と結婚することになった」

ひょいと軽々と抱き上げられた私は、ぎょっとして青年――ルドヴィクの顔を見る。それはよく知る今現在の彼の顔で……。

「ステラ！　こっちに来い！」

十歳の、まだかわいげのあったグエナエルが顔を真っ赤にして私を引きずり降ろそうとしている。不機嫌そうに鼻頭にしわを刻んで。

「ステラ！　起きなさい！」

ん？　降りなさい、じゃなくて？

「ステラ！」

キーン、と耳鳴りがした。

バチっと目を開けると、目を吊り上げた女性が私の腕を引っ張っていた。

「……叔母、様？」

瞬きを数回繰り返してから、昔の夢を見ていたのだと思考が追いついてくる。途中から、なんだかおかしな展開になってしまったけれど。

だが、叔母が目の前にいることは理解ができなかった。

私が暮らしているのは、王都にあるボードリエ伯爵家のタウンハウスだ。管理する領地はここから馬車で七日ほどかかる緑豊かな所で、私の両親が事故で亡くなった後から叔父夫妻が継いでいる。

普段は領地で暮らしているはずなのだが、これも夢なのだろうか。

念のため頬をつねってみるも、まともに痛かった。

「いつもこんな時間まで寝ているの？　いいご身分ですこと！」

振り払うように手を離され、むせかえるような香水の香りが鼻をさす。

数か月ぶりに会う叔母は、相変わらず派手な色のドレスに身を包み、大ぶりの石が輝く指輪をいくつも嵌め、重そうなダイヤモンドのネックレスをじゃらじゃらと揺らしていた。

「申し訳ありません」

私は叔母から目を逸らし、ゆっくりと体を起こす。

「もう昼前よ。それより、とんでもないことをしてくれたわね、あなたは」

ギラリと目が光ったような気がして、心臓が縮こまる。

私は掛布をぎゅっと握りしめた。

「話があるの。さっさと着替えて下りてきなさい」

ドレスの裾を翻し、叔母は私の部屋を出ていった。

入れかわるようにハウスメイドのエレンヌが頭を下げながら、木桶を載せたワゴンを押してやってきた。

「ステラお嬢様。申し訳ありませんでした。一度起こしにまいったのですが、ぐっすりお休みになっておられたので……昨日のこともありましたし、そっとしておいた方がいいのではという意見に我々の中でまとまって……」

しゅんとうなだれた彼女は、すでに叔母からお叱りの言葉を投げられたのだろう。泣いた後のように目が充血している。

「私のせいね、ごめんなさい」

ため息をつき、エレンヌが絞ってくれた温かいタオルで顔を拭く。

昨日のルドヴィクとのやりとりが、私には刺激が強すぎてなかなか寝つけなかったのだ。

もっと話したいこともあったのに、頭の中が真っ白になってしまって、その後の会話は覚えていない。

（なにか言われた気がするんだけど……）

肝心な内容が思い出せない。やはりあれは白昼夢だったのだろうか。

「そんなことはありません。もともとご訪問の予定はありませんでしたし」

エレンヌの声でハッと我に返る。

叔父夫婦は、社交の季節になるとここで過ごすこともあるが、その場合は事前に連絡があった。だが、稀に気まぐれで王都へ来る時もあり、今回は後者なのだろう。

（どうして私の周りには自分勝手な人しかいないのかしら）

はあ。昨日から何度ため息をついたことか。

「婚約破棄されたからといって、だらけた生活をするなと神様がたしなめてくれたのかも。なんて言っている間にも、叔母様をお待たせしているわね。支度を手伝ってくれる？」

気を取り直して、私は大きく伸びをし、ベッドから足を下ろして立ち上がった。

「はいっ」

エレンヌは明るい表情になり、大きく頷く。

私はクローゼットから薄桃色のディドレスを取り出し、大急ぎで着替えた。

ドレッサーの前に移動し、彼女に手早く髪を梳かしてもらう。紅茶にミルクを落としたような優しい色の髪は、耳の上の部分は編み込んで綺麗にまとめられ、緩やかに波打つ長い髪の部分は胸の前に垂らされた。

「お化粧はどうなさいますか？」

「このままでいいわ。別に婚約者に会うわけじゃないし」

鏡の中の私は苦笑いを浮かべた。

同じようにここに座っていた昨日、久しぶりに殿下から会いたいなんてデートのお誘いかもしれませんよ、などとエレンヌと笑いながら話していたのが遥か昔のことのようだ。

昨日に戻れるのなら、ぽんぽんと肩を叩いて、無言で首を横に振ってやりたい。

「さて。遅かれ早かれ説明しなければいけないことだものね」

私はゆっくりと深呼吸してから、一階の客間に向かった。

「グエナエル王太子殿下に婚約破棄されたというのは、本当なのか？」

客間にはすでに叔父夫婦がソファに座っており、しかめっ面の叔父は腕を組んでこちらを睨みつけている。父の弟ということだが、顔立ちはあまり似ていない気がする。

「お知らせの手紙を送ろうかと思っていたのですが、その必要はなかったようですね」

向かいのソファに座った私は、微笑して答えた。

「もしかして本日こちらにいらしたのは、すでにご連絡があったからですか？」

であればグエナエルは、婚約解消の承諾書にサインしてもらうのを前提に、先触れを出していた鬼畜ということになるが。

「そろそろ新しいドレス一式を作らせようと思って、こちらへ来たのよ。王都の店の方が生地の見本も多いでしょう？　それで来てみたら」

叔母は一枚の紙をテーブルの上に、スッと出してみせた。

一度ぐしゃぐしゃに丸めたのだろう、しわだらけの紙はどうやら新聞の号外らしい。

大きな見出しで「グエナエル王太子殿下がステラ嬢に婚約破棄を突きつけた」と書かれていた。

「まさに青天の霹靂」と、センセーショナルなタイトルと書き出しで始まっている記事は、二人が十年前に婚約したことや、今まで参加した主要なパーティーのことが書かれている。

「近年ステラ嬢はグエナエル王太子殿下をないがしろにし、家に引き籠っている日が増えてきたようである。気持ちが離れたと考えたくはないが、他の男性に目移りした可能性もあるのではないか。これでは婚約破棄されても当然である……？」

はあ？

紙を摑む手がぶるぶると震えだす。

ないがしろにしていたのは、どちらかというとグエナエルの方だ。

毎週のティータイムが少しずつ月に一度に減り、今では三か月に一度、それも短時間だけ。公務が忙しいからという理由で、会話もそこそこに離席される始末。

こちらは自由に外出することも許されていないので、仕方なく家で大人しく勉強を兼ねて外国語で書かれた本を読んでいただけだ。それでも時間を持て余していたから、児童養護施設の子どもたちが楽しめるように、易しい言葉に翻訳し直したものを作成するのに没頭していたのだ。

「……今回の事態を受け、ステラ嬢には失望したとの町の人の声が多く聞かれた。おそらくもう彼女に幸せな未来はないと思った方がいいだろう」

こっちが失望したいくらいだ。

(なんなの、この飛ばし記事は！)

勢い余って両腕を左右に開くと、しわくちゃだった号外はあっさりと真っ二つに破れた。

たしかに私に原因があるのかもしれないけれど、憶測で好き勝手に言われるのは許せない。

「今からでもいいから、グエナエル王太子殿下に謝ってきなさい！」

叔母はヒステリックな声で叫び、目を吊り上げる。

「む、無理です……もう婚約解消の同意書にサインしましたし」

「いったい何のためにおまえを育ててやったと思っている！　その恩も忘れ、好き勝手をして王家に多大なる迷惑をかけ、ボードリエの家名に泥を塗りおって。この恥知らずが！」

叔父はそう言うけれど、一緒に領地で過ごしたのはたった一年だけだ。

それに、愛情をかけてもらったとは少しも思っていない。少々お転婆だった私を煙たそうに扱い、お淑やかにしろだの、口答えはするなだの叱りつけ、私の意思は無視された。

何か悪いことがあれば、すべて私のせいだと決めつける。

両親が亡くなったのも私がお土産をねだったから。それを探すために少し遠回りした所で、土砂崩れに巻き込まれたのだと言われた時は、ひどく応えた。

成長した今では、それがただ不運だったとわかるのだが、悪いことがあると自分のせいなのではないかと最初に考えてしまう癖はいまだに抜けない。

グエナエルとの婚約が決まり、生まれ育った家を離れたのは悲しかったが、この叔父夫妻の顔を見ないで済むという観点からすればよかったとも言える。

「あなたに非があるのだから、土下座してでも撤回してもらいなさい！」

語気の強い叔母の声を聞くと、身がすくむ。

（私が何をしたの――？）

そう言いたいのに、この人たちを前にすると言葉が喉に張りついたみたいに苦しくなる。

逆らえば、折檻される――。

幼い頃の痛い記憶がよみがえる。

「で、できないんです。グエナエル王太子殿下には、すでに恋人が……」

「本当に使えない娘だ。兄もどこかぼさっと抜けた男だったが、そのままだな」

叔父はふんと鼻を鳴らす。

私はぐっと唇を引き結ぶ。震える右手を左手で押さえつけ、二人を見つめ返す。それが精一杯だった。

「殿下の婚約者ではないおまえには何の価値もない。ボードリエ伯爵家から除名する」

「除名……？」

伯爵家から籍を抜かれれば、ただの平民ということになる。

「そうね、そうしましょう」

叔母はにんまりと弧を描いて笑みを浮かべた。

「あなたは今日から赤の他人よ。さっさとこのタウンハウスから出ていきなさい」

「いきなり、そんなことを言われましても……」

今日の今日はさすがに無茶だ。

膝の上で握り拳を作っている私のそばに、立ち上がった叔母がやってきて腕を引っ張り上げた。

「さあ！ 出ていくのよ、役立たず！」

「は、放してくださいっ」

抵抗しようとするが、そこに叔父も加わって二人掛かりで客間から引きずり出される。

廊下に出ると、使用人が数人心配そうに集まっていた。

「ステラお嬢様！」

エレンヌが悲痛な声を上げて近寄ってこようとするのを、叔母が一睨みして立ち止まらせる。

「何を見ている！　口出しは無用だ。仕事に戻れ！」

叔父がこめかみに血管を浮き上がらせながら怒鳴ると、執事が何か言いかけて黙り込んだ。

「さよなら、ステラ。もう二度と私たちの前に顔を見せないで」

「叔父様、叔母様……！」

玄関の扉に突き飛ばされ、肩を強く打ちつける。

「私は――」

十年間、必死で妃教育を頑張ってきたのに。

顔を上げて反論したかったけれど、それより先に玄関のドアノブを掴まれ、外に向かって勢いよく放り出された。

「言い訳など聞きたくないわ！」

玄関のポーチは階段になっている。後ろ向きのまま段差で踵を滑らせた私は、視界がガクッと揺れるのを感じた。

――頭から転んじゃう。

心臓が凍りつくかと思った。

だが、それがドキンと大きく跳ねたのは、私の体を抱き留めてくれた人がいたから。

「さ、宰相閣下……!?」

背中に感じる温もりが誰なのか確かめる前に、叔父の調子の外れた声が耳に飛び込んできた。

「嘘……っ、どうしてうちに……?」

金切り声とはまた違う、一オクターブ高い音を上げたのは叔母だ。

「先触れもなく、突然に訪問してすまない」

至近距離から聞こえるその声は、紛れもなくルドヴィクのもの。

ぎゅっと肩を抱く手に力がこめられ、私は悲鳴を上げそうになる。

(感情が……感情が追いつかない――!)

悲しみの色に染まった涙が、春の暖かな風に流されて散っていった。

「一応、取り次いでもらうよう頼んだのだが」

ルドヴィクが言うと、叔父は後方に固まっている使用人たちの中にいる執事に目を留めた。

「なぜ、私に報告しないのだ!」

「伝えようとしたのですが、旦那様が口出しは無用とおっしゃいましたので」

執事が慇懃に頭を下げると、叔父は顔を真っ赤にした。

「くっ……そ、それで、この度はどのようなご用事でいらっしゃったのでしょうか? ステラとグエナエル王太子殿下の婚約破棄について、考え直していただけるということですか？」

　通常ならねちねちと説教が始まるところだったが、少しは理性が残っていたらしい叔父は、こちらに向き直ってぺこりと頭を下げた。

「それはない」

　ルドヴィクが間髪を入れずに答える。

　ところで、ずっと肩を抱かれたままなのですけど、これはいつになったら離してもらえるのでしょうか。

　憧れの人の手が体に触れているだけで、平静でいられなくなりそうなのですが。

（また白昼夢でも見ているのかしら？）

　本当の私は、階段から落ちて意識をなくしているのかもしれない。

「そう……ですか」

　叔父は落胆して肩をがっくりと落とす。

「時に、ステラを除名処分すると、外まで聞こえてきたのだが本当か？」

「ほ、本当です。グエナエル王太子殿下に失礼な態度をとったのだとか。私どもは何も知りませんでした。きちんと躾をしてきたのに、どこでどう間違えたのか……王家の皆様には謝っても謝り切れません。せめてボードリエ家から除名しなければ示しがつかないでしょう」

伯爵家から私を切り離し、王家からなんらかの責任を問われたとしても、世間から批判を浴びたとしても、関係ないと言い逃れるつもりだろう。

世間体を気にする叔父らしい考えだ。

「そうか、わかった。では今日中に除名証明書にサインして王宮に届けさせよ。本来ならば部下の方で預かり処理するが、今回は特別に宰相権限にて、最優先事項として受理する」

ルドヴィクのその発言を、私は信じられない気持ちで聞いた。

(つまり、殿下も私に非があるとお考えに……?)

彼の顔を振り仰ぐが、逆光でよく表情が見えない。

「か、かしこまりました。よろしくお願いいたします」

「あの、それで、宰相閣下はどのようなご用事でいらしたのですか?」

叔母が遠慮がちな笑みを浮かべて、ルドヴィクを見つめる。

「本日、王宮に来るようにとステラと約束したはずが、いつまで経っても来ないので様子を見にきたのだ」

「へ?」

思わず間抜けな声が出てしまった。

「その様子では、すっかり忘れられていたようだな」

ルドヴィクが苦笑する。

「まあ！　ステラ、あなたはグエナエル王太子殿下だけでなく、宰相閣下にもとんだ無礼を——」

カッと目を見開いた叔母の言葉を、ルドヴィクが手を上げて制した。

「突然、婚約を破棄されて、ステラも混乱していたのだろう。無理もない」

「申し訳ありません。昨日はその、いろいろと考えがまとまらなくて、何を話したのか覚えていなくて……」

正直に答えると、ルドヴィクは軽く首を横に振った。

「王宮にある君が使っていた部屋に本など荷物が残っているだろう。それを取りに来なさいと話したのだ」

そんなこと言われたっけ？

ルドヴィクとの約束をすっぽかすなど、なんと罰当たりなことをしてしまったのか。自分の頰をひっぱたいてしまいたい。

こうなると、彼から結婚してほしいと言われたことも、やはり何かの聞き間違いと考えざるを得ない。

（それに、よ。私はこれから伯爵家を追い出されて平民になるの。結婚なんて言われても身分違いも甚だしいわ）

家格は関係ないとかグエナエルはドヤっていたが、ルドヴィクはそこまで愚かな人間ではないだろう。まったく爵位を持たない人間が王家の一員になるなんて、聞いたことがない。

そもそもルドヴィクは生涯独身なのだと、私は勝手に思い込んでいた。彼がこれまで結婚しない理由はいろいろと噂されているが、一番は後継者争いから退くためと言われている。

(だんだん、昨日のことが妄想にしか思えなくなってきた……)

自分はどこで選択を誤ってしまったのだろう。

泣きそうになって喉を詰まらせると、ルドヴィクの唇が耳に寄せられた。

「このまま話を合わせなさい」

それは、私にしか聞こえない程度に潜められた優しいテノール。

叫び出しそうになるのをこらえたら、顔がかあっと熱くなった。囁かれた余韻でくらくら眩暈を起こしそうになる。

「あ……あ、はい。そう、でした」

へたくそなマリオネットのように、かくかくと頷く私を、叔父夫妻は胡散臭そうに見つめた。

「除名ということは、ステラの私物はこのタウンハウスに不要だろう。除名証明書と共にすべて王宮へ届けてくれ。必要ならこちらで馬車を用意させる」

「しょ、承知いたしました」

叔父がハッとしたように慌(あわ)てて叩頭(こうとう)する。

「では行こうか、ステラ」

「は、はい」

肩を抱かれたまま回れ右をして、馬車回しに待たせている王家の紋章(もんしょう)が入った黒檀(こくたん)の馬車に向かって歩き出す。

ちらりと肩越(ご)しに振り返れば、安堵(あんど)したような叔父の顔と、不満げにハンカチを噛(か)む叔母の姿が見えた。その手に嵌(は)めている指輪の一つがなんなのかを私は知っている。

ルドヴィクのファンの集(つど)い――王弟(おうてい)親衛隊の入隊記念でもらえる物だ。私はグエナエルと婚約していたから、遠慮して入隊することはなかったけれど。

叔母の悔(くや)しそうな顔を見て、少しだけ心が晴れた。

それにしても緊張(きんちょう)で足がもつれてしまいそうだった。グエナエルとだってこんなにくっついて歩いたことなどない。

「ルドヴィク殿下。あの、一人で歩けますので」

やんわりと手を離(はな)してほしいと訴(うった)えてみる。

「昨日、君が上の空だったから改めて話をした方がいいと思って来たのだが、少々予定を変更することになりそうだ」

　私の言葉を無視して、ルドヴィクの眉が軽く寄せられた。

　聞こえなかったのかな？

「わ、私のせいでご迷惑をおかけして、申し訳ありません」

「ちっとも迷惑だと思っていない。それより君は昨日の話を本当に覚えていないのか？」

「私と結婚して、なんて言ったり……？」

「そこは覚えているのだな」

　おそるおそる聞いたのに、あっさりと認められて心臓が跳ね上がる。

「夢ではなかったのですね……」

　真面目な彼には、冗談が通じなかったのだ。でも仮に本気だと思われたとしても、彼は今まで誰からの告白も縁談も、すべて断ってきたのではないの？

「私と結婚するメリットなんてありませんよ」

「君の望みを叶えると言ったはずだ」

　馬車に乗り込み、向かい合わせに腰かけるとルドヴィクは優雅な笑みを浮かべた。

　そこで私は化粧をまったくしていなかったことに気づいて、顔を逸らす。

「どうして私の方を見てくれないのだね？」

「申し訳ありません。本日はお化粧を忘れてしまって、人前に晒せるような立派な顔ではございませんので……」

こんなことなら叔母たちを待たせてでも、せめて白粉だけははたいておくんだった。

「素顔でも十分綺麗だと思うが」

なんという殺し文句。

さらりとそんなことを言って、乙女の息の根を止めるおつもりですか！

私は目を閉じて肩を震わせながら、幸せを嚙みしめる。たとえ社交辞令だとしても迷いなく褒め言葉が出てくるスマートさは、大人の余裕とでもいうのだろうか。

「ありがとうございます。でも、その、恥ずかしいので見ないでください……」

「では、こうしよう」

ルドヴィクは席を立って、私の隣に腰かけた。

少し間隔は空いているものの、距離はさきほどより近くなったわけで、ますます心臓がうるさく鳴り出す。

「こうすれば顔を見ずに話ができる。だからそっぽを向かないでほしい」

気遣うような柔らかな物言いに、私は小さく頷いて静かに前に向き直り、俯いた。

（たしかに殿下とお話しするのに顔を逸らすのは、無礼な振る舞いよね。それを怒りもせず、私が姿勢を戻しやすいように取り計らってくれるなんて、控えめに言っても神対応——）

どうしてこんなお手本になる人がそばにいたのに、グエナエルにはまったく響かなかったのだろう。

彼のことを思い出すと、ため息しか出てこない。

「ステラ。それで、昨日の話だが」

「はい」

私は下を向いたまま、居住まいを正した。

「一か月後に開かれる舞踏会で、君を婚約者として発表したい。挙式の日程は後日ボードリエ伯爵とも相談して決めたい――昨日そう言ったのだが覚えているか？」

一か月後の舞踏会。

本来であれば、グエナエルと私の結婚の前祝いのようなパーティーをする予定だった。ドレスも一式用意して準備は万全だった。一枚の紙きれで台無しになってしまったけれど。

「申し訳ありません。まったく記憶になくて……」

手の甲にキスをされて浮かれていたのか、夢見心地だったのか、気がついたらタウンハウスに帰宅していた次第だ。

「やはり、か。何を聞いても頷くばかりだったから、もう一度王宮へ来て話をしたいと言ったのに、姿が見えなかったので直接迎えに来たのだ。困らせてしまったかと心配だったが、タウンハウスに行って正解だった」

　ルドヴィクが小さくため息をついた。

「ボードリエ伯爵が君の叔父だというのは知っていたが、あのような心ない人物だったとは。先代の——君のお父上は素晴らしい人格者だったというのに」

「父のことをご存じなのですか？」

　私は驚いて顔を上げてから、すっぴんに気づき慌ててまた俯く。

「ああ。年も近かったし、若き領主として真摯に務めを果たす姿に尊敬の念を抱いたものだ」

　父とルドヴィクに縁があったとは初耳だ。

「……ありがとうございます。優しい人だったのは覚えていますが、そんな風におっしゃってくださる方がいて嬉しいです」

　両親が亡くなってから居城にやってきた叔父は、父の領地経営について文句ばかり言っていた。税が温いとか領民に甘いとか、もっと領主として威厳を保つべきだと言って居城の内装は豪奢なものに替え、食事の内容もがらりと贅沢なものしか出ないようになった。

　残すのは当たり前で、もったいないと私が抗議すれば一人で全部食べろと吐くまで食べさせたり、できなければ仕置きと称して城の外に放り出されたりもした。

　自由だった生活は途端に窮屈になり、口から出る言葉は相手の機嫌を伺うものに変わっていった。代わりに心の中では思ったことを語り散らす癖がついてしまった。それでバランスをとるしかなかったのだ。

「ステラが賢明で努力家なのは、父親譲りなのだろうな」

「わ、私は、そんなに褒められるような人間ではありません」

妃教育を頑張ってこられたのは、つらい時もルドヴィクが励ましてくれたから。

十歳の時に出会ったあの日から、ずっと憧れてきたのだ。王宮を訪れるようになって、同じように憧れを抱く女性が大勢いるのを知って納得したものだ。落ち込んだ時も彼の姿を遠くから見られただけで、メンタルリセットされる特効薬的存在だった。

グエナエルは気まぐれで勉強嫌いなところがあり、どう接すればいいのか悩まされ続けた。叔父の教えに従って「いい子」に振る舞っても邪険に扱われるので、妃教育よりも大変だったのは彼への対応だったかもしれない。

十年も彼の婚約者であり続けたのは、王太子本人に指名されたからには責任をもって果たさなければという義務感や責任感からである。それにもう一つ付け加えるならば、グエナエルがいずれ私の憧れの人とそっくりな見た目になるのではないかという淡い期待からだったが、その希望はたやすく砕かれた。

なぜならルドヴィクも年を重ねるにつれて魅力を増していったから。若さだけではない大人の包容力とでもいうのだろうか。

常に不機嫌そうな落ち着きのないグエナエルに会うたびに、その差は歴然と広がっていった。

（王弟親衛隊に入れなくても、王宮で憧れの人にお会いできるのを楽しみに通っておりました――）

なんて、そんなこと口が裂けても言えないが。

「ですが！　結婚というのは、話が飛躍し過ぎでは……」

「……結婚してくれと先に言ったのは君だろう？」

言いましたとも、やけくそ気味に。けれども、冗談だろうと笑い飛ばされると思ったのに。

だから、ルドヴィクが了承するのは予想外だった。

王弟親衛隊の隊員は皆、ルドヴィクと結婚できないとわかっていながらも、その行き場のない願望を満たすために、共通の指輪を左手の薬指につけている。叔母のような既婚者も結婚指輪に重ねづけしているくらいだ。伴侶がその事実に気づいているのかはいざ知らず。

そんな指輪のない私は言葉にするしかないと思って、勢い任せに口から滑りでたまで。

「言いましたけど……ルドヴィク殿下も私に原因があって婚約破棄に至ったと判断したから、除名の許可をしたのですよね？　平民になったら王族の方と結婚するわけには……」

「伯爵家の人間でも平民でも関係ない。私はステラだから了承したのだ。それに、君が悪いとは一つも思っていない」

「それでは、どうして除名処分を肯定なさったのですか？」

「ボードリエ伯爵があのような傍若無人な男だと思わなかったのだ。そのことを知らなければ、ただ婚約破棄について謝罪し、私との婚姻の了承を得るつもりだった。だが、あのような振る舞いを見て考えを改めた。己の利益しか考えないような輩とは縁を切った方がいい。除名したことで、今後、彼らは君に干渉することはできないからね。そういうつもりで伯爵の話に同意したまでだ」

あの少しの時間でそこまでの判断ができるなんて、相変わらず頭の回転が速すぎます。

「お、お気持ちは嬉しいのですが、それでも私のような若輩者がルドヴィク殿下の、つ、つ……妻だなんて畏れ多すぎて……」

そう言いながらも「妻」という単語に、一瞬だけ憧れの彼の隣に立つ自分を想像してしまって、思わず赤面する。

妄想するのだけは得意なのだ。

「ステラ。君が望むなら、どこか良家の縁談を勧めることもできる。だが、これだけは言っておく」

ルドヴィクがそう言った時、馬車が小石に乗り上げて車体が揺れた。

傾斜した勢いで彼の方に倒れた体を、ふわりと抱き留められる。

「君を幸せにできるのは、私だけだ――」

胸の中に閉じ込められて、蜂蜜みたいにキラキラで極甘の言葉を振りかけられた私の耳は、一瞬で蕩けた。

これ以上は、本当に悶絶死するのでやめてください――！

ステラが婚約解消を言い渡される前日。

その机の上には、一枚の紙が置いてあった。

『婚約解消についての同意書』と書かれたそれには、グエナエル・バロー・ラフォルカとサインが入っている。その隣は空欄のままだ。

「ラフォルカ家は愚息の代で終わりかもしれぬ……」

両肘を机につき、その手で頭を抱えている壮年の男性――現ルニーネ国王は深いため息をついた。

「結婚式の前には急に不安に襲われたり、気が沈んだりすることもあるけれど、それは一時的なもの、と説いたのですが……」

頬に手を当てて、同じようにため息をついたのは、斜め隣の席についている王妃だ。

「それで、なぜそれをつき返さなかったのですか、兄上?」

机を挟んで国王の正面に腰かけていたルドヴィクは、サファイヤの双眸を細め、非難めいた声を上げた。

ここは国王の私室の中の一つで、出入り口以外の壁は本棚になっており、びっしりと国の歴史に関する文書や資料で埋められている。

窓のない狭い部屋は、密談をするのにうってつけだった。すでに人払いは済ませてある。

「家柄重視の結婚観など古臭いと主張してきてな。それが派閥を生む原因になる、心から愛する者と結ばれた方がよほど公平でいいと。それも一理あるかと思わされて——」

「今更ですか? ステラはどうなります? 彼女は十年間、領地を離れ、王太子妃になるための教育を受けてきました。その努力を無下にするのですか?」

年の離れた弟に矢継ぎ早に責められ、国王は顔の前に両手をかざして、やや後ろに仰け反った。

「ステラにも、大事な姪を預けてくれたボードリエ伯爵にも申し訳ないと思っている」

齢五十になる国王は、結婚当時なかなか子宝に恵まれなかった。ようやく三十を少し過ぎて儲けた第一子がグエナエルだった。

王妃は体が弱く、二人目の出産には命の危険があると主治医に言われ、国王に側妃を娶る意思がなかったことから彼が唯一の子となった。

そのため、多少のわがままは大目に見られ、突飛な行動や考えは個性的で良いと肯定的に捉えられてきた。

　ステラを婚約者にしたいと言った時も、小さい時から将来を見据えていてえらいと褒めそやした。今思えばいわゆる「親バカ」だった。

　ところが、グエナエルは十五を過ぎた辺りから家庭教師に強く反抗しはじめ、勉強をサボるようになった。真面目なステラと一緒なら続くかもしれないと机を並べさせたこともあったが、なめらかに答えが出てくる彼女に比べて黙り込むグエナエルは、ますます勉強が嫌になったようだった。

　それでも淑やかで落ち着いたステラといれば態度も変わるのではないかと、彼女には十年間王宮に通ってもらった。

　結果としては、それが余計にグエナエルの心を締めつけることになっていたのだろう。彼はこっそりと王宮を抜け出し、友人とパーティーに参加するようになっていた。そこで出会ったのがフルマンティ男爵の一人娘のカミーユだという。

「あやつはカミーユ嬢こそ運命の相手だと言ってきかぬのだ。もし婚約を破棄できないのであれば、ステラと結婚はするが、カミーユ嬢も王宮に招いて一緒に暮らすのだと言ってきた。それではステラがあまりにも気の毒だろう？」

　三人は、一枚の紙を囲んで同時にため息をついた。

「どちらにしてもステラが傷つくことは明白です。まったく、彼女のどこがいけないというのか……」

ルドヴィクは眉間にしわを寄せて、紙に書かれたグエナエルのサインを睨みながら腕を組んだ。

「同年代のどの令嬢よりも可憐で奥ゆかしく、学ぶ姿勢はひたむきで努力を惜しまない。奉仕活動にも積極的に参加し、献身的な彼女の慰問を待つ施設もたくさんあると聞いています。結婚相手として、これ以上理想的な女性はいないというのに」

そこまで一気にしゃべってから、再びルドヴィクはため息をつく。

国王と王妃はそれを黙って聞いていたが、互いに顔を見合わせる。

「それだ——」

国王が頷いて人差し指を一本立てた。

「は？」

目線を上げたルドヴィクは、兄の瞳に光が宿っているのを確認して、怪訝そうな返事をする。

「第二王位継承者、頼もしすぎる男がここにいるではないか」

「どういうことです？」

「グエナエルにはこのままカミーユ嬢と結婚してもらう。そして、ステラとおまえが結婚すればいいのだ」

　国王はドヤっと胸を張ってみせた。

　ステラが見たら、親子だなと感想を抱いたことだろう。

「寝言は寝てから言ってください」

　ルドヴィクは目元にかかった金の前髪を軽く耳にかける。

「我がラフォルカ家が王冠を戴く前、継承権をもつ者をめぐって骨肉の争いが起こり、崩壊した王家がいたことを知っているでしょう。過ちを繰り返さない為、王の弟は未婚を貫くというのが通例になっているはずです」

　王弟が結婚して子が生まれたとなれば、その子にも王位継承権が与えられることになる。争うつもりがなくとも、貴族の中には自分の益になりそうな者に従う者も現れ、それが派閥を作り、対立を生んでいくことになりかねない、と。

「だからこそ、だ。グエナエルは黙っていても次期国王になれる現状に甘えている。そこでおまえが結婚する意思を見せれば、少しは危機感を覚えて性根を入れ替えるかもしれぬ」

「こちらの事情にステラを利用すると？」

「彼女を巻き込みたくないというのであれば、別の縁談を用意するまで。おまえにも、ステラにも」

「……」

ルドヴィクの眉間のしわが深くなる。

長い沈黙ののち、彼は真っ直ぐに兄の顔を見返した。

「わかりました。ステラに提案はしてみますが、あまり期待しないでくださいね。こんな年の離れた男からの求婚など、気持ち悪いだけでしょうから」

ルドヴィクはそう言って席を立ち、部屋を出た。

数歩進んだところで立ち止まる。周囲には誰の姿もない。

「ステラと結婚……？」

左手で口元を覆い、緩みそうになる頬を押さえる。

（おそらく二人には気取られていないはず……）

初めてステラに会ったのはボードリエ領で、彼女が十歳の時だ。それからグエナエルの婚約者として王宮に通うようになり、厳しい家庭教師のレッスンを受けていた。周囲の人間は、ステラが優秀でなんでもそつなくこなせると話していたが、彼女が度々薔薇園の隅で隠れて泣いていたことをルドヴィクは知っていた。

生まれ故郷から引き離され、受けるレッスンは完璧にこなせるようになるまで扱かれる。話を聞くか、励ましてやることくらいしかできなかったが、最後に見せる笑顔は公務で忙しい彼の癒しになった。

成長するにつれてステラが涙を見せることはなくなったが、かわりに時々見せる儚げな佇まいは、包み込んで守ってあげたくなるようだった。

ここ二、三年で、あどけない表情から憂いを帯びた艶のある表情に変わっていく様子は明白で、会話をする機会は減ったが、彼女を見かける度に目で追うようになっていた。

せめてもっと自分が若かったなら。

ステラにあんな悲しい表情はさせないのに。

胸に覚えた切ない痛みから目を逸らして、彼女の幸せを見守ることを決めた。

それなのに――。

降って湧いた幸運をつかまない手はない。

「どう……切り出すべきか」

再び、ルドヴィクは深紅の絨毯の上を歩き出した。

――一方、私室に残った国王と王妃は閉じられた扉をじっと見つめている。

「嬉しそうでしたわね」

「ああ。おまえも気づいたか？」

国王は目元にしわを刻んで明るい声を上げた。

「わかりますよ。ルドヴィク殿下のお耳、真っ赤でしたもの」

王妃はくすりと笑った。

「ステラが、ルドヴィクとの結婚を了承してくれるといいが……」

「そうですね。殿下にはお慕いする女性陣の団体ができているくらいですもの。実はステラもそのうちの一人かもしれませんよ」

当たらずとも遠からず。いくつになっても女の勘は侮れないものである。

「きっと、うまくいく」

「はい。そう願っております」

国王の手に自身の手を重ねた王妃は、穏やかに目を細めた。

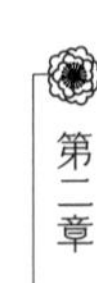

# 第二章　子ども扱いしないで

王宮へ向かう馬車の中、うっかりルドヴィクに抱き着くような形になってしまった私は、恥ずかしさのあまり顔を上げられなかった。

ふいに吸い込んだ高貴な薔薇を含んだ深いムスクとウッディな香りが、この上なく彼のイメージ通り過ぎて感動してしまう。

機会があったら、彼がつけているものと同じ香水を調香してもらいたい。

ちがう、そうじゃない。今はそんなことを考えている場合ではないの。

「少し……お時間をいただけませんか？」

馬車の揺れが収まっても固まったままの私は、ルドヴィクの腕の中でなんとか声を絞り出した。

憧れの人と結婚できるのだから、夢のような話だ。ただ、ルドヴィクがどういう意図で結婚に同意してくれたのかがわからないから、手放しで喜べない。

責任？

同情？

気まぐれ……はないか。

顔を上げられずにいると、そっと頭を撫でられた。

「では舞踏会までに返事をくれればいい。いろいろなことが重なって混乱している君を、これ以上困らせることはしたくない」

そう言ってルドヴィクは腕を解いた。

「……ありがとうございます」

体を起こして座り直し、俯いたまま、さらに頭を下げる。

胸がきゅっと締めつけられた。

私の方がルドヴィクを困らせていないだろうか。

(本当に結婚はあなたの意思なのですか?)

わがままを言って、助けてもらって、まだまだ私は子どもなのだと思い知らされる。

「ステラ。肩の力を抜くといい。もう何も我慢しなくていいのだ」

私の心を読んだかのように、ルドヴィクはそう言った。

(甘えたらだめなのに、そんな優しい言葉をかけられたら……)

私は黙って小さく頷く。

「しばらく離宮で過ごしてもらうことになる。私物もそこに運ぶように指示しておくから」

馬車は王宮に着いて、私はルドヴィクに案内されて離宮に向かった。薔薇園のさらに奥にあるそこは、本来は賓客をもてなすための施設だ。

矢車菊やスミレの花に彩られた小道を進むと、三階建ての小奇麗な白壁の建物があった。こぢんまりとしているが、品があって静謐な場所だ。

「何かあれば侍女に言ってくれ。君が嫌でなければ私もこちらに足を運ぶようにする」

すでに中にはお仕着せに身を包んだ侍女が三名ほどと、護衛が二人待っていた。

「嫌だなんて……そんなことありません。本当にありがとうございます。ルドヴィク殿下がいらしてくださらなかったら、今頃どうなっていたことか……」

身一つで放り出され、路頭に迷っていたかもしれない。

私は改めて頭を深く下げた。

「護衛をつければ、自由に外に出てもかまわない」

「……であれば、児童養護施設への慰問もこれまでと変わらずに続けてもいいでしょうか。次に行く時は新しい本を読んであげる約束をしていたので。もちろん、新しく王太子妃になられる方に引き継がれるのでしたら、遠慮させていただきますが」

「奉仕活動に制限はない。君がしたいと思うなら行くといい。必要があれば王宮内の図書館も利用できるように話を通しておく」

「ありがとうございます！」

私はホッとして笑みを浮かべた。

「では、私は仕事に戻る。ゆっくり休んでくれ」

離宮を出ていくルドヴィクの後ろ姿は凛としていて、陽光が眩しく降り注いでいる。石畳を踏み鳴らす硬質で規則正しい靴音が、耳に心地よかった。

(はあ……素敵)

遠くから眺めている分にはこうしてニマニマとできるが、そばでそんなだらしない顔は見せられない。

頰を軽く叩いてから私は侍女の案内のもと、居室へ移動した。

部屋の内装はシンプルながらも洗練されたもので、植物の葉のような曲線を多用し、優美さと繊細さが特徴的だ。

色合いも優しく、カーテンやソファのカバーは小花柄で統一されている。

「お茶をお持ちいたしました」

侍女の一人がワゴンを押してやってきて、ローテーブルの上に紅茶と菓子を用意すると一礼し、退室していった。

ほろほろと口の中でほどけるクッキーを摘まみながら、ぼんやりと過ごす。

「なんだか信じられない……」

開けた窓から柔らかい風が入ってきて、ミルクティー色の髪を揺らした。

「きっと何か理由があるんだわ」

王太子に婚約破棄され、悪い噂を立てられ、実家からも捨てられて平民になってしまった娘と結婚するメリットって何？

いくら考えてもこれといったものが思い浮かばない。

考察を諦めた私は昼食を済ませ、午後になるとボードリエ家からの使いが荷物を運んできたという連絡を受けた。

「ステラお嬢様！」

そう呼びながら部屋に入ってきた顔を見て、私は目を丸くした。

「エレンヌ!?　荷物を運んできてくれたの？　ありがとう」

「はい。ですが旦那様と奥様がドレスやアクセサリーは売ればお金になるからと……一番新しいドレスまで取られてしまって、持ってこられた物はあまりないのです、申し訳ありません」

エレンヌは悔しそうに唇を引き結ぶ。

一番新しいドレスというのは、今度の舞踏会で着るはずだったものだ。そんなものに未練はないので痛くもかゆくもない。

「ですが、例の物はこっそりと持ち出すことに成功しました」

肩にかけた鞄を軽く掲げてみせ、彼女はにこりと表情を崩した。

「あっ、あれを持ってきてくれたの？　実はちょっと心配だったのよ」

私はホッと胸を撫でおろし、彼女から鞄を受け取る。

中を覗くと、そこには画材と紙の束が入っていた。

「はい。一枚残らず持ってこられたと思います。お嬢様の力作ですからね」

エレンヌは自分のことのように胸を張って、小鼻を膨らませた。

「力作だなんて……恥ずかしいわ」

紙の束の多くが、鉛筆で描かれた人物のデッサンだった。

言わずもがな憧れの宰相様――ルドヴィクの顔である。

「お嬢様の絵がないと、王弟親衛隊の皆様もがっかりなさるでしょうからね」

毎月、親衛隊の情報紙――白薔薇隊報なるものが発行されているのだが、そこに隊員のメッセージなどが載るコーナーがある。

私は密かに、そこにルドヴィクを描いたものを投稿していた。もちろん隊員ではないので、匿名でだ。その正体を知っているのはエレンヌだけ。

熱烈なファンには拒絶されるかと思ったが、案外好評なようで、そのうちこの絵を複製して希望者に配りたいので、許可を得たい旨が隊報を通じて問いかけられた。

どちらかというとルドヴィク本人に確認した方がいいのではと思ったが、私は一つの提案をした。『白薔薇基金』というものを作って、絵の売り上げのすべてを福祉に充てるならばよい、と。それなら彼も怒らないだろうと思ったのだ。

その提案は快く受け入れられ、『憧れの宰相閣下の絵を自宅で拝みながら、同時に奉仕活動にも貢献できる』とあって、人気を博している。

直接お礼を述べたいので身分を明かしてもらえないかと、親衛隊隊長であるフランソワ侯爵夫人の投稿が先月載っていた。申し訳ないがこれはスルーさせてほしい。ルドヴィクの許可なく密かにモデルにし、一人でこそこそと描いていることが本人に知られたら、根暗な人間だと引かれるかもしれない。

「ところでお嬢様は、いつ頃までこちらに滞在なさるご予定ですか？」

エレンヌは窺うように目線を上目遣いにする。

「どういうこと？」

私はきょとんとして首をかしげた。

「実は……私、タウンハウスを辞めてまいったのです」

「ええっ？　どうして？　叔母様に何か言われたの？」

私のせいで使用人が解雇されたら、なんと詫びればいいのかわからない。

「そうではないのですが、お嬢様お一人で行かせるわけにはいきませんので、自分から申し出ました。私、どこまでもご一緒いたしますので、ご安心なさってください！」

どんと胸を大きく叩いて、エレンヌは誇らしそうに目を輝かせた。

「あ……それが、どうなるかわからないの……」

目を逸らしながら、言葉を濁す。

「どういう意味です？」

ぱちぱちと瞬きをしながら、彼女は不思議そうな声を上げた。

「ルドヴィク殿下と結婚するかもしれなくて」

口にしてから冗談にしか聞こえないなと思って、ははっと軽く笑ってみせる。

「は？　え？　えええぇー!?」

離宮のそばの木立に留まっていた小鳥が、エレンヌの裏返った悲鳴に驚いて慌てて羽ばたいていった。

そんなエレンヌに、私はこれまでの経緯をかいつまんで説明した。

「何を迷うことがあるんです？　憧れの宰相様が求婚を承諾してくださったんですよね？」

最後まで話を聞いたエレンヌはぽかんと口を開けて、何がいけないのかわからないというような顔をした。

「言うのと……実際にするのとでは、訳が違うでしょう〜？」

私はソファに腰かけ、ふかふかのクッションを抱きしめて顔を半分隠す。

「妄想は自由だったわ。でも実際に目の前で優しい声をかけられたり、抱きしめられたりしてごらんなさい。尊死よ！」

「だ、抱きしめられたんですか？」

エレンヌは口元に手を当てて、ひゃーっと楽しそうな悲鳴を上げた。

それにつられて、その時のことを思い出し赤面してしまう。

「ちょ、ちょっとした事故よ。それなのに、私だけあたふたして恥ずかしいの。ルドヴィク殿下は、ちっとも焦ったりしないし、子ども相手に余裕たっぷりって感じで……」

「まあ、四十年も生きていれば経験豊富でし――」

「意味深なこと言わないで！」

嫌なことを想像したくなくて、私は食い気味に言葉をかぶせる。

「でも、宰相様に浮いた話はないですよね。だからこそ、親衛隊の皆さんも平等な立場で安心して見ていられるというか……」

それって、もし結婚したらねたまれて意地悪をされたり、暗がりで刺されたりする可能性があるということだろうか。

私は二の腕をさすりながら、目を泳がせた。

「ですから、きっとお嬢様のことは、本当に大切にしてくださるということですよ。自信を持ちましょう！」

エレンヌは胸の前でぐっと拳を作り、大きく頷いた。

明るく前向きな彼女は、以前から私を支えてくれた。

ルドヴィクのデッサンを投稿しようか迷っていた時に、背中を押してくれたのも彼女だった。

「そうね。落ち着いた大人の女性を目指して頑張ってみるわ。グエナエル殿下より幸せになるって決めたんだもの」

「その意気ですよ！」

二人で笑い合っていると、部屋の扉がノックされた。

「はい！」

元気に返事をすると、「私だ」と言ってルドヴィクが姿を現した。

「ぴ！」

クッションを抱き潰して勢いよく立ち上がった私は、思わず変な声を上げてしまった。

「ぴ？」

ルドヴィクがわずかに首をかしげると、耳にかけていた髪がさらりと流れた。きらりと光る目元のそれは眼鏡のレンズ。

「ぴ……ぴって、小鳥が鳴いていてかわいいなあって、エレンヌと話していたんです」

うふふ、とわざとらしい笑い声をたてる。

——というか。

（眼鏡姿なんて、初めて見たんですけどー！）

ただでさえ知的で聡明な印象なのに、眼鏡をかけたらもっと磨きがかかって、怜悧な色

気がだだ漏れだ。

(宇宙の法則が乱れる～!)

神ですか、崇めていいですか？　そりゃあ変な声も出ますって。

「エレンヌ？」

そう言ってルドヴィクが目線を動かした。

「お初にお目にかかります。私はボードリエ家のハウスメイドのエレンヌと申します。この度、ステラお嬢様の私物をお届けにまいりました」

エレンヌはさきほどまでの年頃乙女の気配をすっと消して、あっという間に仕事モードに切り替わっている。

羨ましい、それが私にもできたらいいのに。

今までは王太子の婚約者という仮面をつけることで、冷静に対応できていた。けれど昨日から予想外な事態が起きすぎ、気持ちがちぐはぐで動揺を隠せない。

胸に手を当てて一つだけ深呼吸をしてみたら、少しだけ落ち着いてきた。

「あ、あの、ルドヴィク殿下。エレンヌをここで働かせていただけないでしょうか。彼女、私の為にハウスメイドを辞めてきたそうなんです」

眼鏡姿が眩しくて、チラチラと目線を上げたり下げたりしながら、ダメもとで聞いてみる。

「笑っているのが扉の外まで聞こえていたからね。君が安心して過ごせるように見知った人間がいるのはいいことだろう。あとで侍女長に話をつけておく」

ルドヴィクは目元を柔らかく細めて快諾してくれた。

感情をあまり顔に出さないようにと妃教育を受けていなかったら、私の表情筋は緩みっぱなしだったことだろう。

「ありがとうございます！」

これにはエレンヌも声を上ずらせて、深々と頭を下げた。

ハウスメイドと王宮の侍女では給金も格段に違ってくる。弟や妹の多い彼女は給金のほとんどを実家に仕送りしていたので、これはエレンヌにとってもいい話だろう。

「ところで、ボードリエ伯爵からの除名証明書が届いたので受理しておいた。それを君に伝えたくてね」

「……よかった」

もうあの人たちに振り回されることはないのだと、私は安堵の息をついた。

「それで、荷物はだいぶ少なかったと門番に聞いたが、十年間あそこで暮らしていてこれだけということはないだろう？」

「ボードリエ伯爵がドレスも宝飾品もほとんど持ち出し禁止にしたのです。私が持ってこられたのはデイドレスなど簡素なものばかりでした」

　エレンヌはしゅんとうなだれる。

「そうか。では舞踏会用のドレスを新たに一揃い頼まなければな」

　面倒だと思われるかと心配したけれど、ルドヴィクはむしろ眉を開き、安堵の微笑を浮かべた。

　私が婚約を了承しなければ、無駄になるだけなのに。

「殿下――」

　慌てて言いかけた私を軽く手で制して、ルドヴィクは頷いた。

「わかっている。ステラの出す答えがどんなものだとしても、それは君へのプレゼントだ。気兼ねなく受け取ってほしい」

　簡単にドレスをプレゼントするとか言っていますが、お小遣いで買えるものではないんですよ？

　グエナエルはドレス一式を予算内で決めろと言い放ち、その額もだいぶ最低ラインだった。その為、生地の質を落とすか、装飾を質素にするしか方法はなかった。

　それでいて夜会の時には「もっとおしゃれできないのか？」と文句を言ってくる始末。

　あ、いけない。グエナエルのことを考えていたら腹の底が煮えたぎってきた。

　私は努めて淑女の笑みを作り上げた。

「では、予算額をお教えいただいてもよろしいですか？　エレンヌと服飾店に選びに行ってまいります」

大人の女性として、上品に振る舞え、私。

「私と一緒に行くとは言ってくれないのか？」

「ふぇ？」

予想外の言葉に、またしても変な声が出てしまった。

「明日、午前中は空ける。一緒に王都へ行こう」

「え……と、その……」

思考が停止して言葉が出てこない。

「いってらっしゃいませ、ステラお嬢様。王都にお買い物に行くのが夢だとおっしゃっていたじゃないですか」

助け舟を出してくれたのはエレンヌだった。

（ありがとう！）

私は目線だけで彼女に礼を言う。

エレンヌは、にこっと無言で笑みを返してきた。

「そうだったのか。ではちょうどいい。明日また迎えにくる。それまでに仕事を片付けておくから」

「で、殿下はお仕事中に眼鏡をおかけになるのですね……」

私はずっと気になっていたことを尋ねた。

エレンヌがわずかに苦笑いを浮かべる。

「ああ。急いで来たので外すのを忘れていたが、普段は必要ない」

そう言って眼鏡を取ろうとする彼を慌てて止めた。

「そ、そうなんですね。貴重なお姿――いいえ、お誘いいただきありがとうございます。明日、楽しみにしております」

最後までクッションを握りしめたまま、私はルドヴィクが部屋を出ていくのを見送った。

「ステラお嬢様、よだれが垂れております」

「えっ!?」

私は慌てて口元を押さえた。

「嘘です」

すまし顔でエレンヌは肩をすくめる。

「もうっ！　エレンヌったら」

ぷうと頬を膨らませ、顔を赤らめた。

「はぁ……こうしちゃいられないわ！」

私は気を取り直して、勢いよく息を吐くと握り拳を作った。

「明日お召しになる服でも選びます？　それとも口紅の色をお決めになります？」

エレンヌはわくわくと目を輝かせた。

「記憶が確かなうちに、眼鏡姿のルドヴィク殿下の絵を描くのよ！」

落ち着いた大人の女性はどこに行った――？

――翌日。

王宮のある丘の上から馬車で道を下り、貴族街を過ぎると平民たちが暮らす町が見えてきた。赤茶けたレンガの屋根や灰色の石材の家々が並び、整備された広い石畳の道を多くの人々や荷馬車が行き交っている。

噴水広場ではのんびりと日光浴を楽しむ者がいたり、屋台では張りのある呼び込みの声を上げる者がいたり、町は明るい雰囲気に満ちていた。

大聖堂の尖塔が、天に届きそうなほど高い。定刻を告げる鐘の音が晴れ渡った空に吸い込まれていった。

児童養護施設への慰問に行く途中で通ることはあっても、立ち止まることはなかった憧れの場所だ。

馬車はゆっくりと速度を落とし、服飾店の前で停まる。

以前まではタウンハウスで採寸をして、予算とだいたいのイメージを伝え、出来上がったものを届けてもらうだけだったので、自ら来店するのは初めてだった。

「ステラ。足元に気をつけて」

先に降りたルドヴィクが、白手袋に包まれた手を自然な動作で差し伸べてくる。

私はそっと自身のそれを重ねた。きゅっと優しく握りこまれると、手袋越しに体温が感じられて、心臓が早鐘のように鳴った。

（眩しくて、くらくらする……）

きっちりと糊の利いた真っ白な襟に、涼しげな水色のクラヴァットタイ、黒の上着から覗くベストの面積も完璧に計算された装いに惚れ惚れする。

透けるような金の髪が風に揺れ、サファイヤの目元を少しだけ隠した。

「ありがとうございます」

声が震えないように意識を集中させて、私はゆっくりと地に足をつける。

「気に入ったものがあれば、遠慮なく言ってくれ。好きなだけ選んでくれてかまわない」

服飾店の扉を開けながらルドヴィクが言った。

「はい」

そう返事はしたものの、まだ舞踏会への出席は決めていない。着るかどうかわからないドレスに高いお金を出してもらうのも申し訳ない。

先日グエナエルが提示してきた予算と同じくらいのものを見繕うことにしようと、私は決めていた。

「いらっしゃいませ」

中に入ると、女性が数人いて、一斉に深く腰を折ってきた。

目盛りの振られた帯を首にかけ、人当たりの良い笑みを浮かべている二人には見覚えがある。かつてタウンハウスに挨拶に来たことがある店主と、寸法を測りに来てくれていた助手だ。

「まあ——宰相閣下ではありませんか。御自らお越しになるとは、なんと珍しい」

眼鏡をかけた方の年配の女性店主が目を瞠って、口に手を当てる。

「あら、本当でございますね。そちらは——ステラ様、ですか」

話好きの朗らかな助手は、ややためらいがちに言葉をかけてきた。

「今日はステラのドレスを作製してもらいたくて来た。今度の舞踏会用のものと他にも数点。靴やアクセサリーも揃えてほしい」

「舞踏会用……先日タウンハウスにお送りいたしましたが、不具合でもございましたか？　それに、その……まだ必要なのでしょうか？」

助手が言いにくそうに言葉尻を濁す。

彼女の言葉に私は目を伏せた。

（ああ、そうか。私が婚約破棄されたことを、町の人たちは知っているんだ）

王太子をないがしろにした常識外れの令嬢、と。

せっかく来たのに、もう帰りたくなってきた。

「もちろん必要だ。不具合はなかったが、別のものを作ってほしいのだ」

「かしこまりました……と言いたいところなのですが、ステラ様のあのドレスは最優先で仕上げさせていただきました。現在は他の出席者のご依頼をこなしている最中でして、これからさらに新規でとなると、ひと月ではとても……」

店主は困ったように頬に手を当て、首を傾けた。

それはもっともな話だ。無理を言うのはよくない。

「で、では、これがいいです！」

私は咄嗟に、そばにあったマネキンが着ているドレスを指さした。

「そちらは既製品ですが、よろしいのですか？」

店主はますます困惑した顔で、私とドレスを交互に見やった。

「ステラ。それでは──」

「いいのです。ルドヴィク殿下のお気持ちだけで十分嬉しかったので」

婚約破棄された縁起の悪い令嬢のドレスなど、きっと誰も作りたがらないだろう。

残念な気持ちもあるが、ここはぐっとこらえて上品に微笑んでみせる。

「よくない。こちらでできないというなら他を当たる」

眉間にくっきりとしわを寄せたルドヴィクのわずかに歪んだ唇が、不機嫌そうな輪郭を描いていた。

「殿下がそのような子どもじみたことをおっしゃるなんて、思いませんでした」

意外そうに眉を上げて答えると、ルドヴィクは言葉に詰まって目を逸らした。

最大手のこの店で無理なら他はもっと難しいだろうと、大抵の人間なら諦めるところだ。

（ルドヴィク殿下でもムキになることがあるのね）

意外な一面を知れて少し嬉しい。

しかしながら良案が浮かばないまま、一同は沈黙に沈んでしまった。

その時、店の奥にある工房から、三つ編みの少女がひょっこりと現れた。

「ステラ様！　そのドレス、私に作らせていただけませんか」

きりりと眉を吊り上げ、勝気そうな表情の彼女には見覚えがある。

「ブランシュ！」

私はパッと目を輝かせた。

「知り合いなのか？」

「はい。以前、児童養護施設で交流があったのです」

ルドヴィクに問われ、私は頷く。

「二年前、ステラ様には読み書きや計算を教えていただきました。仕事を探すのに絶対に役立つからと、根気よく、わかりやすく。おかげで私はここで働くことができているのです」

ブランシュは、そばかすのある頬をにっこりと上げてみせた。

「お話、聞こえてしまいました。ぜひ、私にお任せいただけませんか？」

「いくらなんでも、あなた一人では無理よ」

店主が静かにたしなめる。

「一から作るのは無理です。でも、そのマネキンが着ているドレスを仕立てたのは私です。これを基にしてサイズ直しと、装飾を加えてみてはどうでしょう。それならひと月あれば間に合いますよ」

「たしかにそれなら、できるかも……」

店主は吟味するように眼鏡の蔓に指をかける。それから「ご予算はおいくらなのでしょう？」と尋ねた。

「ステラに似合うものを作ってくれるなら、どれほどの出費も厭わない」

ルドヴィクの言葉に、私は自分の耳を疑った。けれど店内にいた職人たちがざわついたので、聞き間違いではないらしい。

予算の上限のないドレスって、いったいどんなものができてしまうの!?

あまり高いものはいらないと遠慮しようと思ったが、職人たちがすでに目をキラキラさせて相談し合っている姿を見たら、何も言い出せなくなってしまった。

た。

「では――早速とりかかりましょう！」

店主は覚悟を決めたように息をつくと、次の瞬間には手を叩き、職人に指示を出し始めた。

それからの私は寸法を測られたり、ドレスを試着させられたり、てんてこ舞いだった。

ドレスに合うアクセサリーを選びきれずにいたら、そのすべてを購入するとルドヴィクが簡単に口にしたので、私は別の意味で心臓が止まりそうになった。

(その予算はどこから出てくるんですか⁉)

しかも、それだけでなく普段着用のドレスまで選ぶことになり、あとで離宮に送ってもらうことになった。

「ステラ様。あの号外の記事、私は信じていませんからね」

店を出る時、ブランシュは活気にあふれた声で言った。

「あなたのことを知っている人なら、みんな同じ気持ちです。ご事情があるのだとは思いますが、お気を落とさずに。またお顔を見せにいらしてください」

「ブランシュ。本当にありがとう」

泣きたくなるのをこらえて、私は彼女と握手をして別れた。

「号外とはなんのことだ？」

帰り道、馬車の中でルドヴィクが尋ねてきた。

「ああ……グエナエル殿下が婚約破棄の決断に至った理由は、私が原因だと号外に書かれていたのです。町の人々も失望したとか」

それを読み、血相を変えた叔母が乗り込んできたのだっけ。

あれはまったくの誤解なのに。

くやしくて、涙が滲んだ。

「いつの時代も噂話は娯楽の一つだからな。君は何も悪くない。堂々としていればいいのだ」

優しく頭を撫でられ、私は顔が熱くなった。

「こっ……子ども扱いしないでください」

そうだ。噂なんてそのうち消えていく。大人なら余裕をもって素知らぬ顔をしていればいいのだ。

それができない私はやっぱり幼くて、ルドヴィクの目には、いつまでたっても泣き虫な女の子としか映らないのだろう。

「それなら——大人のやり方で君を慰めてあげようか?」

ふいに腰の辺りに手を回され、体を抱き寄せられた。すっと長い指で顎を掬われる。

凛々しい眉のライン、澄み切ったサファイヤの奥にちらりと覗く妖艶な影、高い鼻梁は私の頬に今にもくっつきそうで、かすかな吐息が熱い。

端整な顔がこれでもかという距離まで近づいた。

（ひぃぃぃぃぃぃー！）

もしも私が子猫だったら、びっくりし過ぎて全身の毛が針の山みたいに逆立っていたことだろう。

時間が永遠に止まったみたいに、指一本動かせなくなった。瞬きをこらえている睫毛が震えた。

「……というのは、冗談だ」

ルドヴィクは目を伏せ、唇の片端を上げた。

時間が緩やかに動き出す。

顎のラインから頬を撫でながら、その手が離れていく。寄せられていた体が解放された。

「冗談……ルドヴィク殿下みたいな大人の方でも冗談を言うなんて、知りませんでした」

かちかちに固まった体を動かして、私はぎこちなく彼とは反対の方向を向いた。

冗談でよかった。

いや、つまりからかわれただけということ？

慌てふためく私の姿は、滑稽なのだろうか。

「君が思うほど、私は立派な大人ではないよ」

ルドヴィクが苦笑するのが空気でわかった。

それは、私に無理に大人の女性として背伸びする必要はないと、そう言いたいのだろうか。

黙っていたらうるさく鳴っている心臓の音が聞こえそうだと心配したが、馬車が間もなく王宮に着いたので私はホッとし、逃げるように離宮へ向かったのだった。

その晩、私は子どもの頃の夢を見た。

妃教育を施すために王都へ連れてこられた私の周囲は、一緒についてきてくれたエレンヌ以外は知らない大人ばかりで心細かった。

「いつまで続くのかな……」

王宮での勉強が終わればまたタウンハウスに戻るだけ。今日の復習と明日の予習のための本と帳面が入った手提げが肩にずっしりとのしかかる。

ため息をついた時、ふわりと甘く清らかな香りがして、俯いていた私は立ち止まって顔を上げた。

王宮の回廊の向こうに、夕日に照らされた薔薇園が広がっている。

風に誘われるように、私の足どりは自然とそちらに向かっていた。

「わあ……綺麗」

手入れの行き届いた整然とした薔薇園には、多くの薔薇が咲き誇っていた。赤や白、黄色まで鮮やかな世界が広がっている。

それを見ていたら緑豊かな故郷を思い出してしまい、瞼を焼くような熱い涙が零れた。一度堰を切ったものは簡単には止まらない。

「うちに帰りたい……」

タウンハウスではなく、亡き父と母との思い出が詰まったボードリエ領に。

生け垣の隅にしゃがみ込んでしくしくと泣いていると、背後から「ステラ嬢？」と声をかけられた。

私はびくっと肩を震わせる。

妃教育の一環で、感情をあまり出さないようにと言われているのに、今の自分は情けないほど感情丸出しだ。

怒られると思った私は、咄嗟に泣き濡れた頬を慌ててドレスの袖で拭う。

すると、顔の横にすっとハンカチが差し出された。

「何か困っていることがあるなら、話してごらん？」

穏やかで優しい声色に促されるように、私は後ろを振り返った。

「ル……ルドヴィク殿下」

グエナエルの叔父で、二十歳近く離れているということだったけれど、兄と言われても違和感がないほど若々しい好青年だ。

「ほら。ドレスが汚れてしまうよ」

彼は、私を薔薇園の片隅にあるガゼボのベンチに連れていってくれた。

「私がちっとも勉強を覚えられないから、先生を怒らせてしまうんです」

まだ胸がざわざわして、発する声は震えてしまう。

「習い始めたばかりだから、わからないことがあって当然だ。それくらいで怒るような教師の方が、教え方がうまくないのだろう」

隣に腰かけたルドヴィクが優しく頭を撫でてくれた。

その大きくて温かい手に、傷ついていた心が少しずつ癒される。

「今はどんな勉強を？」

「歴史学です。知らない言葉も多くて……」

私は手提げの中から分厚い歴史書を取り出した。

「これは……子ども向けではないな。もう少し易しい本がある。私も小さい頃は勉強が苦手でね、教師に無理を言って易しい言葉に訳したものを作らせた。探せば部屋のどこかにあると思う。それを貸してあげよう」

ルドヴィクはざっとページをめくりながらそう言い「何も心配はいらないよ」と笑いか

けてくれる。

それは爽やかな春風とともに私の心を吹き抜けた。なんだか本当になんとかなる気がして、背負っていたものが少しだけ軽くなる。

「ルドヴィク殿下も勉強が苦手だったなんて、知りませんでした」

「誰にも内緒だよ」

ルドヴィクはいたずらっぽく片目をつぶってみせた。

頬を熱くしながら、私は破顔して頷く。

それから彼に借りた本は実際にわかりやすくて、私は前向きに妃教育に取り組むことができるようになったのだ。

それでも故郷への思いは断ち切れず、勉強の後に薔薇園を訪れては薔薇の花をスケッチするようになった。

ここまで立派ではなかったが、家にも薔薇園があったからだ。家族と過ごした記憶は長い年月ではなかったが、今も胸に残っている。

「ステラは絵も上手なのか」

真剣に描いていたら、そばにルドヴィクが来ていたのも気づかなくて、私は慌ててスケッチ帳を伏せた。

「なぜ隠す？」

「あ……き、妃教育に必要のないものだから……」

以前、帳面に描いていた花の絵を家庭教師に見られて、こんなことをしている時間があったら予習復習をしなさいと叱られたのだ。

「好きなことを続けて悪いことはない」

「でも……」

俯いたら、ルドヴィクの綺麗な指先が薔薇園の薔薇を指した。

「ステラに描いてもらって、花も喜んでいるんじゃないかな」

そんなはずはないとわかっているのに、彼が言うと本当にそう思えてくるから不思議だ。

ルドヴィクの顔も描いたら、喜んでくれるかしら。

うまく描けなかったら恥ずかしいから、彼に内緒でデッサンを描くようになった。

王宮内だと見つかるかもしれないので、彼に会った時、見かけた時、できるだけ正確にその姿を記憶して、タウンハウスに帰ったら勢いのまま描き上げる。

ルドヴィクは宰相という多忙な職務についていたから、たまにしか薔薇園で会うことはできなかった。

夢の中の情景がぼやけて、数年後に飛ぶ。たしか王宮に上がって五年ほど経過した頃だろうか。

妃教育の座学はほとんど習得し、立ち居振る舞いやダンスのレッスンも小言を言われながらもなんとかこなしていた。

ルドヴィクの方は宰相としてますます頼られる場面が増え、以前に拍車をかけて忙しい日々を送っているらしい。

たまに廊下ですれ違ったり、遠くから誰かと立ち話をしている姿を見かけたりするくらいだ。

少しずつ大人へと成長していた私は、結婚前の女性が婚約者ではない男性と二人きりで過ごすのはよくないということを耳に入れていた。だから、もう少しゆっくり話がしたいと思っても、これが普通の状態なのだと、割り切って考えるようになった。

「見て見て、これ」

ある日、王宮内に黄色い声が響いた。

何か用事があって訪れたらしい令嬢二人が、楽しそうに歩きながら、一人が掌を太陽にかざしている。

きらりと何かが光ったような気がして、私は生け垣の陰からそれを見ていた。

「ついにあなたも王弟親衛隊に入隊したのね！」

「ええ。これが本当の結婚指輪だったらよかったんだけど」

くすくすと笑いながら話す二人の声には残念そうな色と、あっけらかんとした明るさが混じっている。

現状、王弟は一人しかいないから、ルドヴィクのことなのだろう。彼に婚約者がいないことは知っているが、あれだけ優しくて優美な雰囲気をまとった人に憧れているのは自分だけではなかったのだ。当然といえば当然だ。

「今度、親衛隊に隊報という情報紙ができるんですって。殿下への想いの丈を投稿できるらしいわよ」

「まあ。誰でもいいの？」

「そうみたい。最初は投稿が殺到しそうだから、落ち着いたら私も書くわ」

なんて素晴らしい企画なのだろう。盗み聞きはよくないと思いながらも、私は二人の情報に感謝した。なにしろ同世代の友人はいないし、王都に出かけることも禁じられていたから。

「この間『ミエル・ド・ロワ』に殿下が訪問したことも隊報に載るかしらね？」

「ああ、あそこのパンケーキおいしいんでしょう？　殿下が訪れたおかげで、お店の予約が半年待ちだそうよ」

「ええ……食べたかったのに、残念」

令嬢が気落ちした声で言う。

パンケーキ？　予約が半年待ち？

いったいどんなものなのだろうと、私は目をキラキラさせた。

けれど妃教育が終わって王太子妃になったら、町には気軽に行けないだろう。今でも自由はないというのに。

スケッチ帳を胸に抱きしめ、私は大きなため息をついた。

さらに夢の場面が切り替わって、私はまた一人でガゼボのベンチに腰かけている。グエナエルにお茶の時間をすっぽかされた日だ。

何をしにここへ通っているのだろうと虚しい瞳で薔薇園の花を眺めていると、久しぶりにルドヴィクがやってきた。

「たまたま休憩が取れてね。少しだけなら大丈夫かな？」

「どうぞお掛けください、殿下。私は失礼いたしますので」

淑女らしく微笑して立ち上がると、ルドヴィクは紙に包まれた何かをこちらに差し出してきた。

「お茶の時間にもう食べたかもしれないが、クッキーをもらってきた。もしよかったら一緒にどうだろう？」

憧れの人の隣でクッキーを食べられるなんて、この上ない幸せ！

未婚の男女が二人きりなんていけません、なんて教わったけれど、ほんの少しならいいわよね。

「に、二時間待ってもグエナエル殿下はいらっしゃらなかったので……少しおなかがすいていました。お言葉に甘えてお一ついただきます」

本当は持ち帰って記念に取っておきたいくらいだったけれど、ここでしか味わえない幸せを一緒に嚙みしめながら、ルドヴィクの隣に座り直してクッキーを口にした。

「バターがたっぷりでおいしいです」

にっこり笑って答えると、ルドヴィクが悠然と微笑む。

「かけらがついているよ、かわいい」

そう言って彼の手が私の唇の端を撫でる。

え？　あの時、そんなこと言われたっけ？

「こ、子ども扱いしないでください」

私は顔を真っ赤にしてむくれる。

「それなら――大人のやり方で君を慰めてあげようか？」

いつの間にか現在の見た目に変化したルドヴィクの、艶やかな瞳に見つめられ、私は石像のように固まる。

「ひぃぃ！　無理、無理ー！」

ルドヴィクのありえない距離感に、私が妃教育で得た淑女の微笑みを発動する隙は一切ないのだった。

昔から、どんな日でも、いつも心には憧れの人が――。

## 第三章 ― 逃げたその先に

目が覚めてもまだ顔が熱く、私は枕(まくら)をぎゅうっと抱きしめて、焦(あせ)る心音が落ち着くのを待った。

「どんな顔をして会えばいいの……？」

ルドヴィクの蕩(とろ)けるような艶を含(ふく)んだ眼差(まなざ)しが、瞼(まぶた)の裏に焼きついて離(はな)れない。

前世で積んだ徳を一気に消化してしまった気分だ。

昨日の出来事が夢だと言われても疑わないだろう。

「現実と妄想(もうそう)も区別できなくなっているのかしら」

ルドヴィクに求婚されてから、私は舞い上がっているのかもしれない。少し冷静にならないと。

何があっても心を穏(おだ)やかに、顔には淑女の笑(え)みをたたえて。

私は枕を抱いたまま微笑んでみた。

「うん。大丈夫そう」

そう呟(つぶや)いて頷(うなず)いた時、部屋の扉(とびら)がノックされた。

「ステラお嬢様。お目覚めでしょうか？」

エレンヌの声だ。

「ええ、起きているわ」

そう答えてベッドに起き上がる。

「では失礼いたします」

寝室に入ってきた彼女は、手慣れた様子で朝の支度を始めた。

「ここに来たばかりで慣れないことも多いでしょうに、あなたは本当にいつも落ち着いていて尊敬するわ」

顔を拭きながら感心してため息をつくと、クローゼットからドレスを出してきたエレンヌがくすっと笑う。

「お嬢様に褒めていただけるなんて光栄です。仕事自体はむしろ楽になりましたので覚える時間がたっぷりあります。タウンハウスでは、厨房に入ることもありましたし、洗濯や掃除も毎日しておりましたからねえ」

涼しい顔をして言ってのけたエレンヌは、ささっと着替えを手伝ってくれた。

私はドレスに袖を通しながら、それが昨日服飾店で購入してもらったものの一つだと気づく。

ペールグリーンの生地に、黄色や桃色の花柄の刺繍が入っていた。

白いレースのフリルが三段に重ねられたふんわりとしたシルエットのデイドレスだが、動きやすいように素材は軽いものが使われているらしい。

「とても素敵なドレスですね。お嬢様によくお似合いです」

「ありがとう」

鏡の前ではにかんだ私は、そこではたと気がついた。

そういえばルドヴィクにドレスのお礼をまだ言っていない。馬車であんなことがあったから――。

思い出してから、私はのたうち回りたくなった。

「エレンヌ。やっぱりおかしいわよね」

「え？　このドレスはお気に召しませんでしたか？」

目を丸くするエレンヌに、私は首を横に振る。

「違うの。ルドヴィク殿下のことよ。私が冗談で求婚したばっかりにこんなことになってしまって……」

「冗談だったのですか？」

問い返すエレンヌの口調に、咎めるような色は含まれていなかった。

「だ、だって、みんなの永遠の憧れよ？　私だけが結婚なんてこれっぽっちも……まあ、妄想くらいなら、少しは……」

話しながら、ごにょごにょと語尾が尻すぼみになっていく。

「宰相様がいいとおっしゃるなら、いいのでは？」

「でも私、もう平民なのに。絶対批判を浴びると思うわ。私のせいで矢面に立たされるなんて申し訳ないし、やっぱり断った方が……」

断った方がルドヴィクの為だ。けれども、はっきりとそれを口にできない。

「お返事はまだいいと言われているのでしょう？　十年間も頑張ってきたんですから、ご褒美だと思ってゆっくり過ごされてはいかがですか？　それからでも遅くないと思いますよ」

にっこりと笑ったエレンヌは、私の髪をたちまちきれいに結い上げてくれ、胸を張ってみせた。

「ゆっくりねぇ……」

離宮はとても静かな場所だった。

王宮の中でも奥まった場所にあり、そばにはオークの林がある。居室には日差しをたっぷりと取り込めるように大きな窓があり、そこからテラスと中庭に出られるようになっていた。

緑で囲まれた池には、小鳥が囀りながら水を飲みにやってくる。

いつまでも決まらない結婚の日取りを気にすることもないし、グエナエルの顔色を窺う必要もないのだ。

王宮からの急な呼び出しもない。突然の叔父夫婦の訪問に気を遣わなくてもいい。

――なるほど、これはご褒美時間。

エレンヌの言葉がしっくりときた。

ゆったりとした時が流れる部屋で、優雅に紅茶を口にする。

「まるで心が凪いだように穏やか――」

こくりと琥珀色の液体を飲み込んで微笑すると、コンコンと小気味よいノックが部屋に響いた。

「ステラ。私だ」

耳に滑り込んできた低くて温かみのある声は、私の心に荒波を起こすのに十分すぎる。

「ぴっ！」

私は椅子から飛び上がりそうな勢いで叫び、扉が開く寸前にテーブルクロスの中に潜り込んだ。

「宰相閣下。いかがなさいましたか？」

エレンヌが部屋に入ってきたルドヴィクに声をかけている。

「……ステラは？」

ややためらいがちなルドヴィクの声色に、私は抱えた膝の間に顔を埋め、だんまりを決め込んだ。

「ええと……少しお疲れのようで、寝室でお休みになっております」

エレンヌの答えに、私は彼女に抱きつきたくなった。

やっぱり、あなたは私の力強い味方だわ！

「さきほどステラの声が聞こえた気がしたのだが……」

「小鳥が舞い込んできたのですわ。今日はお天気がいいので窓を開けておりますから」

春のそよ風が、テーブルクロスも緩やかに波立たせている。その中で猫のように背を丸めている私にも、それは感じられた。

「では、それは……？」

ルドヴィクが当惑したように言葉を濁す。

「テーブルクロスです」

エレンヌがやんわりとした口調で答えた。

「しかし昨日、その端から出ているものと同じ柄を服飾店で見た気が……」

「テーブルクロスです」

ルドヴィクの言葉を遮り、エレンヌは再びきっぱりはっきり言い切った。

私は少しだけ顔を上げて肩越しに振り返る。

（ひえぇぇ！　ドレスの裾が思い切りはみ出しているわ！）

私はぎょっとして、思いっきり目を見開いた。

声を上げそうになってしまい、慌てて手で口元を押さえる。

絶対にばれている。それをテーブルクロスと主張する主思いの侍女に、私はいくら感謝してもしきれない。

本当なら、ルドヴィクに挨拶するべきなのだろう。でもどんな顔をして挨拶したらいいのかわからない。

沈黙が耳に痛かった。

「そうか……疲れているなら仕方ない。また会いに来ると伝えてくれ」

顔は見えないのに、その声色からひどく落胆した様子が想像できて、胸がずきりと痛んだ。

王族に対し、私はなんと不敬な態度をとっているのか。

すぐに出て行って謝らなければと思うのに、体が石みたいに硬くなって動かない。

「承知いたしました」

エレンヌがそう答えると、部屋の扉が静かに閉まる音がした。

「――お嬢様！」

次の瞬間パッとクロスが捲られ、エレンヌのあきれた顔と視線が合う。

「ル……ルドヴィク殿下は？」

「お帰りになりましたよ」

その返事にホッとした私は、へなへなと床に頽れた。

冷静になるなんて無理だ。それくらい昨日のことは刺激が強すぎた。

「がっかりしていた……？」

私が尋ねると、しゃがみこんでいるエレンヌは少し考えてから首を横に振った。

「いいえ。特にそんな風には……。もちろん怒ってもいないようでした」

彼女は私を安心させるように微笑む。

気落ちしたような声に聞こえたのは、私の勘違いだったのかと思ったら恥ずかしくなった。

また妄想や願望が、現実とごちゃ混ぜになっているみたい。

「せっかくお顔を拝見できるチャンスでしたのに。前まで宰相様を少しでもお見かけできたら嬉しいと喜んでいたじゃありませんか」

こちらを覗き込んでいるエレンヌは、不思議そうに首を傾ける。

「遠くから見ているくらいがちょうどいいのかも……近すぎて目に毒だわ」

テーブルの下から這い出した私は、立ち上がってドレスの埃を払った。

「出かけましょう」

「ええ？　宰相様はまたいらっしゃるとおっしゃっていましたよ」

「だからこそ、ここにはいられないの」

今までも王宮に上がって、必ずルドヴィクの姿を見られたわけではない。たまに見かけるくらいがちょうどいいのだと思う。

「供給過多なのよ！」

萌えを浴びる許容量を超えているのだ。だから冷静な行動がとれない。

「そうでしょうか……？」

エレンヌは腑に落ちないという表情で眉を寄せた。

「ちょうどね、児童養護施設に持っていく翻訳本ができたところだったの。きっとみんな待ちわびているわ」

私は強引にエレンヌを説き伏せた。

ルドヴィクの求婚を断ればいいのにと、自分の中の誰かが囁く。

——わかっている。けれどそれもできない。

結局、私は彼に甘えている子どもなのだろう。

ここを出て市井に出れば、私とルドヴィクはなんの関わりもなくなる。会いたいと思っても叶わなくなる。それを嫌だと思うわがままな自分もいるのだ。

せめて期限ぎりぎりまで遠くから彼の姿をこの目に焼きつけることができれば、後悔はない、はず。

それなのに――。

「ステラ、時間が取れたので一緒にお茶を……」

「今から修道院の図書整理の手伝いに行ってまいりますので！」

「ステラ、たまには散歩など……」

「王妃殿下からお茶にお呼ばれしておりまして！」

「ステラ、君が興味ありそうな本を……」

「今日はおなかが痛くて一日ベッドから起き上がれそうにありません！」

ルドヴィクが訪問するたびに、何かしらの理由をつけて逃げ回っている。

どうしてもあの日のことを思い出してしまって、恥ずかしくてまともに会話できる自信がない。

「だめだわ……ここにいたら心臓が持たない」

肩で息をつく私を、エレンヌが生ぬるい目で見ているけれど気にしない！

私はルドヴィクの訪問を避けるため、毎日のように朝から夕方まで児童養護施設や修道院に慰問に出かけるようになった。最初のうちは号外に書かれた内容のことを聞かれるかと不安もあったが、施設長が子どもたちには見せないように配慮してくれていたらしい。施設長も、服飾店のブランシュ同様に私を信じると言ってくれたのが、ありがたい。

今日も王都のはずれにある児童養護施設にやってきていた。

天気がいいので、外にあるベンチに腰かけて異国の本をわかりやすい言葉に直したものを、集まった子どもたちに読んで聞かせる。

空は春めいて風は緑の香りを運んでいた。季節は前に進んでいるというのに、私ときたらどこに逃げようとしているのだろう。

いつもなら子どもたちや児童養護施設に手伝いに来ている人々と話していると、普段の悩みも忘れられる。以前だったらグエナエルの不機嫌な顔を見なくて済むとか、足に血豆ができるほど過酷だったダンスのレッスンから解放されるとか、ここへ来れば安心できるばかりだった。

それなのに、ここ数日は何をしていてもルドヴィクの顔が頭にちらついて、気もそぞろになってしまう。

罪悪感、なのかもしれない。

勢いで求婚したのに、それを正直に言えない自分。

彼に迷惑をかけているのに、断りの返事をできないままでいる自分。

「困ったわ……」

「どうしたの、ステラ様？」

そばにいた女の子が、首をかしげてこちらを見上げてくる。

「な、なんでもないの、ごめんなさい」

うっかり声に出てしまっていた、気をつけないと。

この子たちに心配をかけてはいけないと、私は笑顔でごまかした。

「ステラ様。これどうぞ」

別の女の子たちがやってきて、手にしていた花冠を私の頭にのせてくれた。

「まあ、ありがとう」

にっこりと笑って答えると、彼女たちも弾けるような笑顔を見せる。

「みんなで作ったの」

「かわいい！　お姫様みたい！」

「あら、ステラ様は王子様と結婚するんだから、本物のお姫様になるのよ」

「あたしも王子様を見つけてお姫様になりたーい！」

きゃっきゃっと楽しそうに話している女の子たちに、私は軽く頬をひきつらせた。

「あ、あのね……私、王子様とは結婚しないことになったの」

小さい子の夢を壊すようで気が引けたが、嘘をついても仕方ない。

「えー、そうなの？　じゃあもうここには来ないの？」

子どもたちが残念そうに顔を曇らせる。

「大丈夫。また来るわよ」

いっそ平民になったら、児童養護施設に住み込みで働くのもありかもしれない。

悪くないと思っていたら、今度は近くで遊んでいた小さな男の子たちがやってきた。

「じゃあステラ様、ぼくと結婚して～」

「あっ、ずるいぞ。おれもそう言おうと思ってたのに」

「えー、みんなと結婚してよぉ～」

私が「まあまあ」となだめていると、さっと後ろから頭の花冠が取られた。

「あっ、何するんだよ！」

そう言ったのは男の子の一人で、花冠を胸にギュッと抱き込んだ女の子は顔を真っ赤にして児童養護施設の建物のほうへ走って行ってしまった。

「かわいくないやつー」

無視された男の子がムッと唇を尖らせた。

「あんた、わかってないわね」

別の女の子がニヤニヤしながら口元に手を当てる。

「は？」

「あれは嫉妬よ、嫉妬。ねー？」

女の子は他の子と顔を見合わせて笑い合っている。

「は……へ？　な、なに言ってるかわかんね」

男の子は腕を組んでそっぽを向いてしまった。

「あの子は――」

「だめだよぉ、勝手に言っちゃ」

しゃべりたがりの女の子の肩を叩いて、他の子が制止する。

どうやら、逃げた女の子はこの意地っ張りな男の子のことが好きらしい。彼が私と結婚したいと言ったものだから、それを本気に受け取ってしまったのだろうか。

「もう、いいや。あっちで遊ぼうぜ」

男の子は口では勝てないと判断したのか、他の子を連れて庭の向こうへ駆けていった。

「あら。恋に年齢は関係ないみたいですねえ」

そばに立っていたエレンヌが感心したように言って、ちらりと私に視線を向ける。

「そこはほら、個人差があるから」

私はごまかすように小さく咳払いした。

「ステラ様は王子様のこと好きじゃないから結婚しないの？」

無邪気な質問がやってきて、ぎくりとする。

「いろいろと事情があるの〜」

笑ってそう返すのがやっとだった。

好きだからという理由で結婚できるなんて素敵なことだ。

現実はそう簡単にはいかないの。

やがて舞踏会の日が近づくにつれ、各地からやってきてタウンハウスで過ごす貴族たちを王宮でも見かけるようになった。

領地での困りごとや経営状況についての相談など、普段は書簡でしかやりとりできないこともこの機会にじっくりと聞いてもらいたいという人間たちが、毎日のように王宮を訪れるのだ。

私はなんとなく出かけにくくなって、離宮で過ごさざるを得なかったのだけれど、謁見に来た者たちの対応にルドヴィクも忙しいのか、あれ以来一度もこちらに来ていなかった。

「はあ……」

離宮のテラスにある籐編みの椅子に腰かけ、キャンバスにため息を落とす。

この美しい庭とも別れる時が近づいている、そう思って風景を描きだしたはずなのに。

――またルドヴィク殿下を描いてしまったわ。

何をやっているのだろう。

我ながらあきれてしまう。

誰にでも優しくて、いつでも神対応で、どんな時でも冷静沈着で、代わりなんてどこにもいない唯一無二の憧れの人。

その姿を遠くから少しでも見られただけで幸せな気持ちが続いていたのに、今すぐ会えないのが寂しい。彼を避けていたのは私なのに、自分勝手すぎて自己嫌悪に陥る。

私はいつからこんな欲張りな人間になったのかしら。

グエナエルに距離を取られても、ここまで心が揺らぐことはなかった。今頃、ルドヴィクは公務に追われているのだろうか。それとも、私のことはどうでもよくなってほったらかしにしているとか？

そう考えたら胸がギュッと苦しくなった。私に傷つく資格なんてないはずなのに。

「せっかくゆっくり過ごせても、かえって余計なことを考えてしまうわ」

私は再びため息をついた。

「お嬢様。こちらにあるご本を読んで気分転換なさっては？」

「めぼしいものは全部読んでしまったわ」

私は居室に控えているエレンヌの方を向いて、真顔で首を横に振る。

妃教育では膨大な量の教本を読まなくてはならず、そのために身についた速読術のおかげで、大抵のものはあっという間に読了してしまった。

「さすがですね。そういえば王宮の中にも図書館があるんですよね？　そちらならもっとたくさん本があるのでは？」

「あるには、あるけど……」

王宮の西棟にあると記憶しているそこには、勉強のための資料探しに何度か足を運んだことはある。離宮へ来た頃、ルドヴィクからも自由に出入りできるように伝えておくと言われていた。

「では、ご一緒いたします！」

「で、でも、ルドヴィク殿下にばったりお会いしてしまうなんてこと、ないかしら？」

私はスケッチ帳を抱きしめた。

「これだけ広い王宮ですから、そうそう偶然にお会いするということはないと思います」

エレンヌは「お嬢様は心配性ですね」と続けて、困ったように眉を曲げて笑う。

心配性ではなく慎重派と言ってほしい。でも本を読んでいる間はその物語に没頭できるし、図書館にある本を借りてくるのも悪くないかもしれない。

「わかったわ。行きましょう」

私は寝室に画材を片付けてくると、エレンヌと一緒に離宮を出た。

小道を歩いていくと迷路のような薔薇園に出る。ここを通る以外に王宮へ行く手段はない。

高貴で瑞々しい香りに包まれたそこには、普段はいない人々の姿があった。各地から訪問する貴族たちにとっても、ここは居心地の良い素晴らしい場所なのだろう。

めったに会わないから顔は知られていないはずだけれど、万が一私のことを知っている人間がいたら面倒なことになりそうだったので、そっと生け垣に身を隠しつつ薔薇園を後にする。

王宮内の造りは把握しているので、迷うことはないけれど、私の視線はあちこちをさまよっていた。どこにもルドヴィクの姿は見当たらない。

「宰相様、いらっしゃいませんねえ」

「わあぁ！」

私は立ち止まって叫ぶ。

「どうなさったんです、お嬢様。大きな声を出して」

エレンヌが首をかしげた。

あ、よかった。てっきりまた心の声がだだ漏れしたのかとびっくりした。

「な、なんでもないわ」

気を取り直して通路を歩きだす。

次に会ったら結論を出さなければならない気がして、まだ会う決心がつかない。けれど一目その姿を瞳に映したいと彼を探してしまう癖は抜けない。

本当に仕事が忙しいだけなのよね？

ほんの少しだけ心に靄がかかる。グエナエルが多忙を理由に会わなくなった末に、選んだ女性は私ではなかった。

「やっぱり私に求婚したことを後悔しているんじゃ……」

それならそれでもかまわない――。

自分を納得させようとしたのに、そう思いきれなかった。

「遠方からたくさんの女性がいらしているでしょうし……選び放題……」

「そういうこわいこと、言わないで！」

私は泣きそうな顔でエレンヌの服の袖を引っ張る。

「冗談ですよ。今までもそんな噂は一つもなかったではありませんか」

エレンヌは苦笑する。

「お嬢様は本当に素直でかわいらしいですね」

「どうせ、私は子どもですよ」

「あら。子どもとは言っておりませんよ。真っ直ぐで純粋なお姿がいいと言っているんです」

そんなやりとりを続けながら、私たちは図書館に到着した。

王宮の図書館は本を守るために日の光は極力入らない設計になっている。薄暗いので、他に人がいてもそれほど気を遣わずに済んだ。数冊の本を選んで図書館を出た私たちは、元の道を引き返す。

「！」

その時、私は抱えていた本をぎゅっと抱き込んで、慌てて柱の陰に張りついた。

「お、お嬢様──」

「しー！」

エレンヌの服の袖を引っ張って同じように柱の陰に潜ませた私は、おそるおそる王宮の中央階段の上を見上げた。

深紅のカーペットが敷かれた大階段を、大臣や他の貴族たちと降りてくるのはルドヴィクだった。歩くたびにサラサラと金の髪が揺れる様子を見ながら、思わず歓喜の声を上げそうになるのをこらえる。

他の人と一緒にいても、お一人だけ輝いてみえるんです！

彼を避けておきながら、やはりその姿が目に飛び込んでくるだけで心が躍る。

何を話しているかは聞こえなかったが、微笑して誰かの話を聞いているのがわかった。

しかし、笑ってはいるが少し顔色が優れないようにも見える。なんとなく目元に力がないような気がして、きちんと眠れているのか心配になった。

公務の合間にも顔を出してくれたルドヴィクがまったく来られないのは、やはりそれほど忙しいということなのだろう。

（ほら。グエナエル殿下とは違うんだから）

女性の影がないことに安堵してしまってから自分に動揺する。

これは決して嫉妬ではなく、彼の人間性がまっとうなものだということに対する安心感に違いない。

ルドヴィクたちは何かを話しながら、王宮の奥の方へ歩いていった。その隙に私たちは薔薇園を通って離宮へ戻ってくる。グエナエルと鉢合わせするのも恐れていたが、それもなかったのでひと安心だ。

「よかったですね、宰相様のお姿を拝見できて」

エレンヌは本をテーブルの上に置くと、にっこりと笑った。

「そうそう会うことはないって言ったのは誰？」

「絶対会わないとは申しておりませんから」

エレンヌは肩をすくめる。

「もう！　だけど……お疲れのようだったのが気になったわ」

「お疲れのよう？　他の方と変わらないように思えましたが」

「ううん。顔色も優れないようだったし、いつもはもっと目に光が入っているの。それにちょっと左側の髪の毛先がいつもと違う方向にはねていたわ。普段はそんなことないのよ」

私は積み上げられた本に目を落とした。

「……すごい観察力ですわ。だてに十年間追いかけておりませんね」

エレンヌは虚を衝かれたように一歩後ろに身を引く。

「やっぱり私がルドヴィク殿下の負担になっているのかしら。したくもない結婚をするかもって……」

胸の奥が震えて、目頭が痛いほど熱くなった。

「ステラお嬢様。そんなことありませんよ。もし宰相様が無慈悲な人間だったら私がぶっ飛ばします！」

エレンヌが肘を曲げ、二の腕に力こぶを作る真似をする。

「まあ……そんな物騒なことを言ってはいけないわ」

エレンヌの突拍子もない発言に私は苦笑した。おかげで溢れそうだった涙が引っ込む。

「でも遠くからなら、ずっと見ていられることがわかってよかったわ。これからしばらくは図書館に通おうかしら」

心をモヤモヤさせるのはルドヴィクだけれど、晴らすのもまた彼の存在なのだ。

その夜は久しぶりにぐっすり眠れた気がする。

翌日の午後、私はエレンヌとともに読み終わった本を返却するため離宮を出た。

どこかでルドヴィクを見かけることができれば御の字だ。

薔薇園にやってきた時、女性たちのかしましい声に私とエレンヌは顔を見合わせて生け垣の陰に身を潜め、そちらの方に注意深く視線を投げた。

「ルドヴィク殿下にお会いできて嬉しいです！」

若い女性の言葉に、私は飛び上がりそうになる。

「初めまして、宰相閣下。噂にたがわぬ美しいお方ですわ～」

「舞踏会ではぜひこの私と踊っていただけませんか？」

「抜けがけはいけませんわよ、この場所のことをお教えしましたのはわたくしでしてよ！」

枝葉の間から見えたのは、てんやわんやの大騒ぎをしている華やかなドレスに身を包んだ四、五人の令嬢たちだ。

彼女たちに囲まれ、表情一つ変えずに対応しているのは、頭一つ分背の高いルドヴィク。

背中には白薔薇を背負っている幻影――ではなく、後ろの生け垣に咲き乱れている純白の薔薇だった。

まさか離宮を出てすぐにルドヴィクの姿を見つけられるとは思っていなかったので、この場を動くことができなくなった。

女性の影がないなんて安心したのはなんだったの？

花の香りよりも彼女たちの香水の匂いの方が薔薇園に漂っている。

どの女性の薬指にも例の指輪が光っていた。

さながら白薔薇に惹きつけられて集まってきた蝶たち、といったところだろうか。

私の心に咲いている小さな花がくったりとうなだれる。

——選び放題。

エレンヌの言葉が頭に響いた。

そんなことはないと思いつつも、どの女性も舞踏会でもないのにめかしこんで魅力たっぷりに見える。

「毎日この時間にここに来れば殿下にお会いできると聞いてまいりましたが、本当にお目にかかれるなんて光栄です」

別の令嬢が朗らかに笑う。

毎日？

私は無言で隣にいるエレンヌと顔を見合わせた。

「もしかして、殿下はここで毎回ご令嬢たちに足止めされていたのでは？」

エレンヌが私に耳打ちしてきた。

そんなこと……あるのだろうか？

心の中でしおれかけていた花がぴょこんと上を向き、息を吹き返す。

「まあ、毎日。殿下は薔薇の花がお好きなのですね」

他の令嬢がうっとりした眼差しを彼に向ける。

（どうして私、こんな所から見ていることしかできないのかしら）

胸がちくりと痛んだ。

そばにいて、話をしたいのは私も同じなのに。

ルドヴィクは彼女たちと当たり障りのない会話をした後、ポケットから懐中時計を取り出して眉をひそめた。

「申し訳ないが、もう時間がない。挨拶はこれくらいでかまわないだろうか」

盛り上がる令嬢たちに比べて落ち着いた声色のルドヴィクに、彼女たちはそれだけで「きゃー」と目を輝かせて喜んでいる。

気持ちはすごくわかる。彼の一挙手一投足は洗練されているもの。

ルドヴィクは少しためらった様子を見せた後、王宮の方へ身を翻した。

「そういえばステラ様って、今はどうなさっているのかしら？」

一人の令嬢が、首をかしげながら口を開く。

私はどきりとして目を瞠った。

まさかここで自分の名前が出てくるとは思いもしなかった。

ここにいます、なんて名乗り出ていける雰囲気ではなさそう。

「グエナエル王太子殿下に婚約破棄されたんでしょう？」

「号外読みましたわ。妃教育をしている裏でどんな悪さをしていたのかしら」

「以前お見かけした時は真面目そうな方でしたけれど、人は見かけによらないと言いますからねえ」

令嬢たちがくすくすと笑うとエレンヌが立ち上がろうとしたので、私は必死に彼女の服を摑んでその場に留めた。

「お嬢様！　ぶっ飛ばしてやらないと気が済みません！」

エレンヌは眉を吊り上げ、声を潜めながらも握りしめた拳は怒りで震えている。

「いいの。私は大丈夫だからっ」

私は大きく首を横に振った。

悪く言われるのは慣れているから。

「いつも私が――」

そう言って潤んだ瞳を伏せた時。

「ステラ嬢は何も悪くない」

はっきりとそう告げたのは、ルドヴィクだった。

踵を返して、つかつかと彼女たちに歩み寄るとサファイヤブルーの瞳で全員を見下ろす。

「根も葉もない噂を信じてもらっては困る」

「も、申し訳ありません……でも、号外にそう書いてあったものですから」

ただならぬ威圧感にひるんだ令嬢たちが目を泳がせた。

「君たちはもう少し教養を学び直した方がいい。誤った行いはいずれ自身に返ってくることもある」

いつもは心地のいい低音の声には凄みもあって、離れた場所で聞いている私たちも息を呑むほどだ。

けれど――。

ルドヴィクが私を信じてくれている。それだけが救いだった。

「では、急ぐので失礼する」

そう言って今度こそルドヴィクは、大きな歩幅で王宮の方へ行ってしまう。

「か、帰りましょうか」

令嬢たちはおどおどと顔を見合わせると、大きく頷き、逃げるように薔薇園を出て行った。

「宰相様を追いかけますか？」

エレンヌに聞かれたが、私はかぶりを振った。

ルドヴィクが私の味方をしてくれたのは嬉しかった。

でも、それ以上に――この胸の高鳴りはなんなのだろう。

私を庇ってくれて、嬉しかったから？　彼が毎日私に会おうとしていてくれたから？

きっと忙しい時間の中で離宮へ足を運ぼうとしていてくれたのだ。ないがしろにされていたのではなかったのだとわかって胸が熱くなる。私だけに向けられたルドヴィクの優しさが嬉しい。

でも、そんなの、そんなの、まるで。

私は顔を真っ赤にして抱えた膝の間に埋めた。

「独り占めはよくないってわかっているのに……」

みんなの憧れの人なのに。私だけを見ていてほしいと思ってしまうなんて。

私はとうとう頭を抱えた。

「お嬢様。そう思ってもいいんですよ」

隣にいたエレンヌがそっと手を握ってくれる。

これは憧れという言葉だけでは足りない感情。でもはっきりと認識してしまうのはこわい。憧れなら遠くからでも同じ熱量でこれからも見つめていけるだろう。別の気持ちなら、それが叶わなかった時、ついた傷は一生癒えない気がする。

ルドヴィクが責任感や義務で結婚を申し出ているのだとすれば、そこにない気持ちはどう埋めればいいのだろう。

逃げ回って見つけた答えに触れる勇気が、まだ出なかった——。

執務室の机には、各省から上がってきた承認待ちの書類が山のように積んであった。それに目を通し、承認印を押すか却下するか、あるいは国王と相談するかを決めるのがルドヴィクの主な仕事だった。

特に今は社交の季節になり、タウンハウスに滞在する貴族が増えているので、各領地に関する相談事や報告がここぞとばかりに送られてきていた。

謁見を求める者も多く、重要な問題には国王への目通りが叶うが、そこにもルドヴィクは同席することになる。食事や休憩もそこそこに、日々を忙殺されていた。

「添付書類が一枚足りない。戻してきてくれ」

ルドヴィクは執務机に着いたまま、隣にいた秘書に書類の束を渡した。

「あら、本当ですね。見落としておりました。申し訳ありません」

茶褐色の長い髪を一つにくくった女性秘書は、ぺらぺらとそれをめくって手を止めた。

「今日中に提出するように伝えるのも忘れずに」

「かしこまりました」

彼女は一礼して部屋を出ていく。

ルドヴィクは次の書類に素早く目を通して、承認印を押し、受理と書かれたスペースに移した。それから眼鏡のフレームを押さえて、軽く息をつく。

無駄のない淡々としたその作業を見ながら、部下の一人が隣の同僚に耳打ちする。

「最近、よく考え込んでいるな、閣下は」

「難しい案件でもあるんじゃないのか？」

「グエナル殿下の婚約解消でごたごたしているからとか」

「でも一応新しい婚約者殿は承認されたわけだろう？」

「そういえばステラ様は伯爵家を除名処分されたんだっけ。どうして離宮に留め置かれているんだ？」

「何かやらかしたとか？」

内緒話は少しずつ雑談に変わっていく。

本当に人は噂話が好きだなと、ルドヴィクは彼らの会話を耳にして顔をしかめた。

（やらかしたのは、私の方だよ）

はあ、と思わずついたため息が思ったよりも大きく、咎められたと思った部下たちがぎくりとして、慌てて手元の書類に目を落とす。

（思春期の男子でもあるまいし）

やっと本懐を遂げられる機会ができたというのに、ステラの気持ちも考えずに勢いでそ

の身に触れるなど、紳士としてあるまじき行為だった。いやしかし、抑えろという方が無理な話である。

零れる涙をこらえるためにエメラルドの可憐な瞳を潤ませ、雪のような肌がかすかに色づいていた横顔。ブラウンよりほんのり柔らかな透明感のある優しい髪色がとても儚げで、誰にも渡したくないと思った。子ども扱いしないでと怒った顔でさえ、女神のように綺麗なのだから。

抱き寄せた時に香った甘い匂いに酔いしれて、あのまま奪ってしまいたかった。揺れるエメラルドに映る自分の顔に気づき、わずかに残っていた理性で欲望を奥底に抑えつけることができた。

馬車の中での行為を思い返して、あれから数日経った今もルドヴィクは罪悪感に苛まれていた。

(婚約破棄など立て続けに心が参る出来事が続いて傷ついているステラの心につけ込んで、最低な男だ)

十年もあのグエナエルのそばにいたくらいだ、その想いは相当深いのだろう。

自分との婚約を迷っているのも、彼のことが忘れられないからと思えば合点がいく。

(どうしたら、この手に落ちてきてくれる?)

もう月の半分は過ぎた。何度かステラに会いに行ったが、ドレスを購入しに出かけた日以来避けられている気がしていた。

　最近は職務が忙しくなり、わずかな時間に彼女の様子を窺いに行こうと思っても、その手前の薔薇園に毎日のようにどこかの令嬢たちが待ち構えていて、対応している間に休憩時間が終わってしまい、離宮にすら辿り着けない始末。

　いったいどうすれば――。

　考えながらも、次々と書類をさばいていると、秘書が戻ってきた。

「早かったな」

　彼女が紙の束を手にしているのを見て、そう声をかけると秘書はにんまりと笑った。

「これは違いますよ。今日発行されたばかりの白薔薇隊報です」

　秘書がくすっと笑う。

「今月も出ているんですか。閣下、愛されていますねえ」

　部下が茶化すように言って、秘書から隊報を受け取り、頭を突き合わせて紙面に目を走らせた。

「ご夫人方、ご令嬢方は、今度の舞踏会で閣下のお姿を拝見できることを楽しみにしているらしいですよ」

　顔を上げた部下が笑いかけてきた。

「好きにすればいい」

自分の意思とは関係なく結成された会だが、自分や他人に迷惑が掛からなければ勝手にしてくれと思っている。

(四十男のどこがいいのかまったくわからないが……)

興味がないので、ルドヴィクは仕事を続ける。

「は～、クールですねえ。そういうところですよ、閣下」

部下たちが同意の笑みを零すのを無視して、書類の山を減らしていった。

ルドヴィクのファンで結成されたという王弟親衛隊の情報紙『白薔薇隊報』には、紙面の最後に隊員名簿が載っていた。以前、ひそかに目を通したことがあるが、そこにステラの名前はなかった。

もしかしたら彼女も自分に好意をもっているのではと期待していたこともあったが、他に婚約者がいる令嬢でもミーハーなノリで隊員になる者もいる中、彼女は見向きもしていないようだ。

しっかりしていると感心する一方で、がっかりしている自分もいて、複雑だった。

「わ……今月も閣下のデッサンが載っていますよ。いつ見ても上手」

「あれ？ 眼鏡をかけている絵って、初めてじゃないか？」

「本当だ。閣下が眼鏡をかけるのは仕事中だけなのに」

「これ、匿名の投稿ですよね……？」

秘書や部下たちが互いに顔を見合わせ、慌てて首を横に振る。

「お前じゃないのか？」

「実は秘書どのでは？」

「私じゃないですよ。眼鏡をかけていてほしいっていう願望とか想像なんじゃないですか？」

「たしかにこれ、気合いが入っているよな。今月のは売り上げもすごそうだ」

自分の顔が描かれた絵が売られるというのは権利的にどうなのかと疑問に思ったが、その売り上げが全額福祉に充てられていると聞いて、御咎めなしと決めた。

親衛隊を結成したフランソワ侯爵夫人に聞いてみたこともあるが、その正体は不明とのことだった。奉仕活動に勤しむステラとは気が合うのではと思ったが、誰なのかわからなければ紹介もできない。

（正体といえば――）

ステラを傷つけたあの号外は、婚約解消の翌朝には配られていたらしい。

（公式発表は昼だったはず）

王宮内でそれを知った誰かが、新聞記者に情報提供をしたのだとしか考えられない。それも事実を曲げてステラを貶めるような内容で、だ。

噂を気にするなと彼女には話したが、どうやら世間には書かれた内容を鵜呑みにしかできない人間も少なくないらしい。

意図的に嘘を流した者は、誰であろうと許さない。

「少し、席を外す」

そう言ってルドヴィクは立ち上がった。

「現時点で届いた報告書には目を通した。あとは各省で処理するように言っておいてくれ」

ルドヴィクは手短に指示すると、颯爽と部屋を出ていった。

「はぇ～。相変わらず仕事人間だなぁ」

部下の一人がぽかんと口を開けて、閉じた扉を見つめた。

「きっと頭の中はいつも仕事のことでいっぱいなんだろうな」

「俺も閣下みたいにバリバリ仕事をこなせるようになりたいぜ」

「まずは、誤字を直しましょうね」

秘書は、彼の書面を指さした。

「え？　ああ、本当だ。間違ってる」

執務室にどっと明るい笑い声が響いた。

「……それにしても、上手よね。憧れている感じが伝わってくるもの」

秘書は、白薔薇隊報に載っているルドヴィクのデッサンを眺め、高評価を得ている上司を誇らしく思って微笑んだ。

# 第四章 ― 解き放たれる想い

「ステラお嬢様。今日は王都の大通りの方へお出かけになりませんか？」

翌日、朝食の後片づけを済ませたエレンヌが、満面の笑みを浮かべて提案してきた。

「大通りね……そちらはまだ遠慮しておくわ」

何度もやりとりのある施設の人たちと違い、ほとんど会話もしたことのない町の人たちにどう思われているのか、どんな目で見られるか、考えただけで気が滅入る。

薔薇園にいた令嬢たちのように、陰口を叩いているかもしれない。

きっと号外の内容と事実は違うと叫んでも、信じてもらえないだろう。かといってルドヴィクのように、泰然自若とした態度をとるなんてできそうにない。

「それは残念です。せっかく『ミエル・ド・ロワ』の予約が取れたのですが、取り消しの連絡を入れてきますすね」

エレンヌは小さなため息をついて、くるりと身を翻す。

「ま、待って。それってあの、絶対に予約をしないと席が取れないっていう、あの人気のカフェのこと？」

私は慌てて彼女を呼び止める。

「他にあります？　実はキャンセルが出たので、席の抽選があったんですよね。それで申し込んでみたら見事に当たりましたので、お嬢様と一緒に行こうかと思ったのです。でも残念ですねえ……」

「行くっ！　そこだけは一回行ってみたかったの！」

私は立ち上がって、エレンヌの手を取った。

王都にはいくつかカフェがあるが、その『ミエル・ド・ロワ』では店名にかかげる通り、蜂蜜を使ったものが多い。その中でも看板メニューになっているのが『白薔薇のパンケーキ』というものだ。

ラフォルカ王家にも献上されている、希少な薔薇の蜂蜜をふんだんに使用しているだけでなく、しゅわしゅわと蕩ける食感のパンケーキは他では味わえないという。

それを口にできるなら、悪い噂にも耐えてみせるわ。

我ながら単純だ。

「……では、護衛の方にも声をかけてきますね」

一瞬何かを言いかけてやめたエレンヌは、柔らかく笑んで頭を下げると、部屋を出ていった。

それから馬車の手配を済ませ、私はエレンヌとともに王都へ向かう。

「ルドヴィク殿下も、そのお店で召し上がったことがあるらしいの。王弟親衛隊の間では聖地の一つと言われているのだとか」

私は窓に顔を張りつけるようにして、町並みがぐんぐん近づいてくるのを楽しみに眺めていた。

「では、宰相様とご一緒の方がよかったのではないですか？」

馬車の向かい側に腰かけたエレンヌが苦笑する。

「そ、それは……別にいいの。だってパンケーキなんて子どもっぽいと思われるかもしれないし」

「宰相様も召し上がったのでしょう？」

「それは、公務の一環で、だもの」

「……いつまで避け続けるおつもりです？　月末には舞踏会なのに。私は早く皆さんに、『お二人は結婚するんですよー』って叫びたいです」

どうやら私とルドヴィクが結婚するかもしれない、という話を知っているのは国王夫妻と、エレンヌだけのようなのだ。

私が考えたいと言ったから、ルドヴィクが配慮してくれているのだろう。

「わかっているわよ……」

軽く口を尖らせる。

ドレス選びの帰り道、彼に冗談で迫られてから、その時のことを思い出してしまって、まともに顔を合わせられない。

ドレスを購入してくれたお礼を伝えなければと思うのだが、まだ彼と会う決心がつかない。

顔を見たら、恥ずかしいというより、心にある感情にはっきりと名前がついてしまいそうだから。

「殿下の冗談をもっと軽く受け流すには、あと十年……二十年？」

私はエレンヌから目を逸らして指を一本、二本と折り曲げた。

「お嬢様！」

「あ、ほら。着いたみたい」

頬を膨らませた彼女に、ゆっくりと停止する馬車の扉を指さしてみせ、私は話を濁した。

「もう……お互いにこじらせすぎですってば」

ぼそりとエレンヌが何か呟いた気がしたが、聞き返そうとしたら「独り言です」とにこりと笑われてしまった。

護衛は店の前で待っているというので、私はエレンヌと共に店の中に入った。甘いバターと蜂蜜の香りに満ちた空間に、心から幸せを感じる。

「わあ……」

　中にはテーブル席がいくつかあり、どの席も客でいっぱいだ。恋人か夫婦なのか男女で訪れている割合が高い。

　白を基調とした壁に、天井には色とりどりのドライフラワーが飾りつけられ、カウンターには深紅や純白の薔薇が活けられている。

　丸テーブルに、ベルベットのソファ席もあるようだ。床はおしゃれなツートンカラーになっていて、内装だけでも飽きずに見ていられそうだ。

「男性もけっこういるじゃないですか」

　こそっとエレンヌに耳打ちされて、私は頷いた。

　誘ったらルドヴィクも来てくれるだろうか。

　いや、でも今から予約を入れたら早くても半年後。その前に答えは出さなければいけない。

「こちらです」

　座席に案内されて腰かけると、テーブルの上から予約席と書かれた札を店員が回収する。

「ご注文がお決まりになりましたら――」

「『白薔薇のパンケーキ』で！」

　私はメニューも開かずに、勢いよく告げた。

　よくあることなのか、店員は動じることはなかった。

「かしこまりました。ではセットでお飲み物はいかがでしょうか？　おすすめは春摘みのダージリンです。宰相閣下がお飲みになったものと同じ産地の茶葉でご用意しております」

　上品な笑みを浮かべ、なめらかに説明する様子は、もう何度も同じ言葉を繰り返しているからなのだろう。

「では、それでお願いします」

　気恥ずかしくなった私は、頬が熱くなるのを覚える。

「私も同じもので」

　エレンヌが苦笑しながら告げた。

「承りました。それでは少々お待ちください」

　店員が一礼して下がると、私は小さく息をついた。

「夢みたい。ずっとここに来てみたかったの。ありがとう、エレンヌ」

　曇りなく磨かれた大きな窓の外に、羨ましそうに店内を眺める人々や、内装を指さして何かを相談し合っている男女の姿が見て取れた。

「いえ。私は特に何もしておりませんので……」

「でもすごい倍率だったのじゃないかしら？　あなたの日頃の行いが良いからね」

　真面目でてきぱきと仕事をこなす傍ら、私の話し相手にもなってくれたり、叔母たちと私の緩衝役として間に入ってくれたりもしていた。

小さい頃から頼れる姉のような存在であり、よき友人だと思っている。

離宮でも仕事の呑み込みが早く、他の侍女たちともすぐに打ち解けていたのは天性の才能だろう。

「それにしても……」

もっとじろじろと見られたり、陰口を言われたりするのを覚悟していたが、客の誰もが私には無関心だ。

噂って、こんなに早く消えるものなの？

それともここにいる人々はみんな良識ある人間なのだろうか。私の顔を知らないだけかとも思ったが、夜会などで見かけたこともある貴族の姿もあるので、一概にそういうわけではなさそうだ。

これなら、あんなに落ち込むこともなかったかもしれない。

なんだか拍子抜けだ。

「あ、来ましたよ」

エレンヌに言われてハッと我に返ると、店員がパンケーキのセットを運んでくるところだった。

「なんて甘い匂い……！　それに、かわいい」

真っ白な皿の上に載っているのは、粉雪みたいな砂糖が振りかけられた厚みのある丸いパンケーキが三枚ほど。そのそばにとろとろの生クリームと、カットされた果物が添えてあった。

「こちらに別に添えてあるのが白薔薇の蜂蜜です。それと、こちらは赤薔薇のジャムです。お好みでどうぞ」

店員が説明してくれた先に、小瓶に入った澄んだ琥珀色の蜂蜜があった。その隣には鮮やかな深紅のジャム。どちらもキラキラと輝いている。

「ありがとうございます！」

礼を言ってカトラリーに手を伸ばそうとした私に、店員がそっと身をかがめてきた。

「ここに腰かけた方にしかお教えしていないのですが、こちら宰相閣下がいらした時にお掛けになったお席なのです。いつでもご案内できるわけではないので、内緒にしていてくださいね」

店員は軽くウインクして、何もなかったように持ち場に戻っていった。

「なんのお話だったのですか？」

エレンヌが首をかしげる。

「……私、今日死ぬのかも」

「はあぁ？」

真面目な顔をして答えれば、エレンヌは怪訝そうな表情になって眉を寄せた。

運がいいのは私だったのかしら？

十年溜め込んだ運を、今になって解放しているのかもしれない。

「えへへ。いただきます」

私は破顔すると、今度こそ蜂蜜をたっぷりかけてパンケーキを口に運んだ。

「んんん～！　なにこれ。ふわって、しゅわって、口の中で蕩ける～」

ほっぺたが落ちるとはまさにこのことだ。

私は頬をむにむにと押さえながら瞳を潤ませた。

「ええ、本当に。これは人気が出るのも頷けますね」

エレンヌも嬉しそうな声を上げ、次々とパンケーキの面積を減らしていく。

「蜂蜜も、甘いのにくどくなくて、芳醇な薔薇の香りが最高の中の最高！」

憧れの人と同じものが食べられるなんて、今日はとても幸運な日だ。

しかも同じ席に座れる奇跡に、感謝しなければ。

もったいなくて、たっぷりと時間をかけてパンケーキを食べ終えると、皿の上は綺麗に片付いた。

春摘みのダージリンのきりりとした爽やかな渋みも、甘い物にはいい組み合わせだった。

「ああ。おいしかった。本当にありがとうね、エレンヌ」

私は食事を終え、改めて彼女に謝意を述べた。

するとエレンヌは、一度私と合わせた目線を下に落とし、唇を震わせる。

「どうしたの？」

「……ちがうのです」

ぎゅっと目を閉じたエレンヌは声を絞り出す。

「なにが？」

「本当は——ここを予約してくださったのは宰相様なのです」

エレンヌは、申し訳なさそうに眉尻を下げて言葉を続けた。

「お嬢様には言わないでほしいと頼まれていました。でも、やっぱり黙ったままなんてできない」

首を小さく左右に振り、彼女は瞼を上げると真っ直ぐに私を見つめてきた。

「ステラお嬢様の喜ぶお顔……それを一番に目にしたかったのは、宰相様だったはずなのに……」

「ど、どういうこと？」

私は何がなんだかわからなくて、当惑の色を浮かべる。

「実は宰相様から、お嬢様がしてみたいことや行きたい場所はないかと聞かれたのです。それでこのお店のことを話したら、早速お席の予約を取ってくださったみたいで。ぜひお二人でと勧めたのですが、宰相様はお仕事が忙しいとのことで、私に一緒に行ってきてほ

しいと話されて……」

エレンヌは周囲に聞こえないように、声量を抑えた。

「そう……だったの。忙しいのは知っているから、仕方ないわ」

私は目線を落として苦笑する。

それにしても、半年先まで取れない店の予約を簡単に取りつけるなんて、さすが王家の力は絶大だ。

「違います。宰相様は、お嬢様に避けられていることを気づいておいでですよ。ですから敢えて同席は控えたのだと思います。それでもお嬢様が喜んでくれればいい、そういうお考えに至ったのでしょう」

エレンヌの話を、ぽかんと口を開けて聞いていた。

――君の望みを叶えてあげよう。

勢いで求婚したあの日、ルドヴィクに言われた言葉を思い出した。

「どうしよう。私が責任をとって、なんて言ったから……」

「本当に『責任感』からでしょうか？」

エレンヌは笑いをこらえるように、困った顔をする。

「そう……じゃないの？」

「お嬢様は、ここに誰と来たかったですか？」

彼女に問われて真っ先に浮かんだのは、紛れもないルドヴィクの顔だ。

だが自分の望みに、わがままに付き合わせるのは子どものすることではないのか。

「私から申し上げられるのはここまでです。お礼は、ぜひお嬢様の口から宰相様へ直接お伝えくださいませ」

エレンヌの言葉に、私は「あ……うん」と小さく返事をして頷いた。

それからまた馬車に乗って離宮へ戻る。

(お仕事が忙しいのは本当……)

今は社交の季節だ。貴族街も賑やかになり、王宮に足を運ぶ多くの地方領主の姿はさらに増えている。彼らへの対応は国王だけでなく、先日図書館の帰りに見たようにルドヴィクも担っている。

(そんな忙しい中、会いに来てくれたのに、私は隠れたり避けたり……)

彼は何か不自由なことがないか、私のことを気にかけてくれていた。

それは王家の人間の一人として、グエナエルのしたことの責任を代わりに取ってくれているだけだと思っていたが、違うのだろうか。

(逃げ続けるのは、失礼なことよね……)

優しくされると、どうしても免疫のない私は動揺してしまうけれど、受け流せるまで待っていたらおばあちゃんになってしまう。

生きてきた年月の差は埋められないけれど、無理に背伸びをするのはやめよう。

素直に、自分の気持ちを――。

そう決意したのに、やはりすぐに心を入れ替えるのは難しかった。その日の夕方、離宮を訪れたルドヴィクを前に、なんとか逃げ出すことなく留まることはできたが、正面から顔を合わせられず、目を泳がせていた。

何から話せばいいのだろう。

舞踏会を待たずに返事が欲しいと言われたら、どうしたらいいのか。

私はドレスの裾をぎゅっと摑んだまま、立ち尽くしていた。

その時、エレンヌがゆっくりと前に出る。

「宰相様。本日はありがとうございました。実はご予約を入れてくださったことを、お嬢様にお伝えしてしまいました。お詫びに、お店で購入してきた特製のローズティーをお淹れいたしますので、どうぞあちらにおかけになってお待ちください」

仕事モード全開の恭しさで一礼したエレンヌは、私に向かって軽く口角を上げて部屋を出ていった。

茶葉を購入していたのは知っていたけれど、家族へのお土産ではなかったのね。

エレンヌにはいつも助けてもらってばかりだけれど、それを無駄にしてはいけない。

私は深呼吸を一つした。

「だ、そうなので、こちらへ、どうぞ」

たどたどしい口調で、ぎくしゃくと彼をソファに促す。

「気を遣うかと思って、黙っているように頼んだのだが、かえって申し訳ないことをしたな」

ルドヴィクがソファに腰かけるが、どうしていいかわからず私はそこに立ち尽くしていた。

「君が立ったままでいいというなら、私も同じようにするが」

彼が立ち上がろうとしたので、慌ててソファのそばにある一人掛けの椅子に腰かける。

「あ……あの、今日は本当にありがとうございました。ずっと行ってみたかったお店なので、嬉しかったです。それと、ドレスもすべて届きました。ありがとうございます」

なんとかうろたえることなくお礼は言えたので、ホッとした。

「それはよかった。タウンハウスにいた頃は、児童養護施設と王宮にしか外出は許されていなかったと、エレンヌから聞いたものだから。ここへ来てからも奉仕活動にしか出かけていなかっただろう？」

「はい。叔父は外聞を気にする方でしたので、厄介ごとに巻き込まれないようにと厳しく言われて……」

遊び歩いて勉強がおろそかになったら困ると言われていた。

それをぜひグエナエルに言ってみてほしかった。反感を買って爵位を取り上げられたかもしれないけれど。

「君はかわいらしいからな。そこだけはボードリエ伯爵に同意だ」

前半は聞き間違いかもしれないけれど、そこ同意します!?

私は言葉を失った。

「だが信頼できる者と一緒なら、奉仕活動以外にも、もっと出かけてかまわない。君に窮屈な思いはしてほしくないから」

ルドヴィクはそう言って麗しい微笑を浮かべた。

背中に満開に咲き零れる白薔薇の幻影が見えます——。

私はきゅうっと胸が高鳴るのを感じ、ごろごろと床を転げまわりたいのをなんとかこらえる。

信頼できる者。

本当に行きたかった相手。

「ルドヴィク殿下……」

私は膝の上でぎゅっと手を握り込み、息を吸い込んだ。

「なんだ？」

「今度は、殿下と一緒にお出かけしたいです」

正直にそう言った。

わがままだと、迷惑だと思われるのは承知で。

「ですが、最近の殿下はお疲れのようですし、お体を休める方を優先なさってください」

すぐに逃げ道を用意するのは私のよくない癖だと思いつつも、つい言ってしまう。

「私が疲れている？」

ルドヴィクは眉を軽く上げた。

「はい。先日、少しお見かけした時に顔色がよくないと思いましたし、いつもより元気がないように感じましたので」

私がそう言うと、ルドヴィクは視線を逸らす。

「誰にも気取られたことはなかったのに」

ぼそっと呟いて、もう一度こちらに澄んだ双眸を向けた彼が微笑した。

爽やかすぎて、涼風が吹いてきそうです！

私は高鳴る胸を両手で押さえる。

「もし、普段よりも沈んで見えたなら、それは仕事が忙しいからというわけではない。ステラに会えなかったからだ」

「えっ……あ……」

なんだかすごいことを言われた気がする。けれど私はその言葉で彼を避け続けていたことを思い出した。

「せっかく離宮を訪ねてくださったのに不在にして、も、申し訳ありませんでした」

私は深く腰を折って彼に頭を下げる。

「いや、君に嫌われるようなことをした私が悪いのだ」

「嫌われるようなこと？」

すぐには思いつかなくて、そろそろと顔を上げて首をかしげた。

「馬車で君にしたことだ」

ルドヴィクのその一言で、あの日の出来事がありありと脳裏によみがえり、顔が真っ赤になる。彼がそれ以上何も言わないので、二人の間には気まずい沈黙が生まれてしまった。

このまま沈黙を続けたら彼の言葉を肯定したことになってしまう。

「あ……あれで、嫌いになるわけないじゃないですか」

やっとのことで絞り出した声は緊張で裏返りそうになった。あの時は、むしろこちらが子どもっぽい対応をして、幻滅されたのではないかと不安になったくらいだ。

「迷惑だったわけではない、と？」

ゆっくりと瞬いたルドヴィクの眼差しは、まるで赦しを乞うように真摯で誠実だった。

「あ、当たり前です！　殿下は何も悪くありません」

あれ、私が謝っていたはずなのに、どうしてルドヴィクから謝罪されているのかな？

「軽く受け流せるほどの経験が私にはなくて……次に会った時に普通に話せる自信がなかったのです……」

鼓動が加速して、今にも暴走してしまいそうだ。

「そうか……」

ルドヴィクがそう言ったきり黙り込んだので、どうしたのかと思ったが、ふと彼の耳に目をやったら、そこが真っ赤になっていた。

（ん？　どういうこと？）

照れている……のだろうか。

「も、もしかして……」

私は息を呑んだ。

「こんな子どもみたいな女とカフェに行くのは恥ずかしいです……よね」

「まだ何も言っていない」

ルドヴィクは憮然と——でも耳は夕日みたいに赤く染めて返答してきた。

「子ども、子どもと君は言うが、私はステラを幼いと思ったことなど一度もない。むしろ、もっとわがままを言ってほしい。もちろん……私だけに」

サファイヤの瞳が、心なしか熱っぽく見えるのは気のせいだろうか。

彼の赤い耳を見ていたら、私まで顔が熱くなってきた。

「君が歌劇を観に行きたいと言っていることもエレンヌに聞いた」

「まさか……」

私は息を呑む。

「その、まさかだよ」

ルドヴィクは胸の内ポケットから長方形の封筒を取り出した。

中を開けて、二枚のチケットを見せる。日付は明日になっていた。

「でも、お仕事がお忙しいのに――」

「ステラとデートする以上に重要な予定があると？」

自信たっぷりの言葉は、私の心を射貫くには十分すぎる威力があった。

夢でもそんなこと言われたことないのに!?

「仮にも宰相ともあろうお方が、国益よりもデ、デ、デ……デートを優先するって、またまたご冗談を」

一瞬で熟れた林檎のように赤くなった頬をひきつらせて、私はなんとか受け流そうと努力した。

「冗談ではない。私はステラのそばに少しでも長くいたいのだ」

ルドヴィクの真っ直ぐな瞳は真剣そのもので、私にチケットを一枚差し出してくる。

――本当に『責任感』からでしょうか？

エレンヌの言葉が脳裏にこだまする。

そうではないことを、期待してもいいのだろうか。

「ありがとうございます……」

面映ゆい空気が流れる中、おずおずと手を伸ばして、それを受け取った。

「明日が楽しみだ」

ルドヴィクが悠然と笑みを浮かべる。

その笑顔を独り占めしたいというわがままは、聞いてもらえますか？

その後、タイミングを見計らったようにエレンヌが戻ってきて、ルドヴィクはローズティーを一杯飲んでから、仕事がまだ残っていると言って帰っていったのだった。

歌劇を観に行くと決まってから、エレンヌや侍女たちは衣装選びに余念がなかった。
夜公演なのできっちりと正装で赴くのが礼儀だ、でも華やかさは必要、それならば装飾品を増やして……という風に、自分たちが行くわけではないにもかかわらず、とても楽しそうに準備していた。
彼女たちが選んだのは服飾店で購入した既製品の内の一つではあったが、それでも価格は以前の私のドレスよりも桁が違う。

光沢のある孔雀青のそれは袖がないデザインで、胸元には繊細な刺繍やレースの装飾が施されていた。ロンググローブを着けているものの、なんだか落ち着かない気分になる。

鑑賞当日を迎え、橙色の光が薄くなり群青に染まる空の下、私とルドヴィクは王立劇場に到着した。

「ここが……」

白薔薇のコサージュと羽根飾りのついたカクテルハットをかぶった私は、その荘厳な建物を見上げた。

「さあ、行こうか」

エスコートしてくれるルドヴィクは、黒のテイルコートをスマートに着こなし、蜂蜜色の髪をきっちりと後ろに流している。

目の覚めるような整った顔立ちがこれでもかと堪能でき、その限界を超えた色気をまとった姿に、私が心の中で激しく悶絶したことは言うまでもない。

モザイクタイルで流麗な絵が描かれている床に、人々の靴音が鳴り響いていた。正面の大階段をゆっくりと上っていくと、天井にある彫刻細工も見事なもので、ただただ圧倒されてしまう。

さらに回廊を進むと、曲線がなめらかで華やかな空間が広がり、金銀で彩られた天井画や美しい銅像などがあり、豪華絢爛という言葉以外見つからない。

そこから続く場所は大休憩室という社交界の応接間とも呼ばれる所で、簡単な食事や飲み物が用意されていた。ロビーの天井は遥か高く、豪奢なシャンデリアが整然と並んでいる。

私たちの姿に気づいた人々が、驚いたような顔をしたり、抑えめの黄色い声を上げたりして、注目を集めないわけがなかった。

「やあ、これはこれは……宰相閣下ではございませんか。こんな所で閣下にお目にかかれるとは光栄です」

「こんばんは、ラング伯爵」

早速呼び止められ、ルドヴィクが伯爵夫妻と挨拶を交わす。

「閣下が女性連れとは珍し――」

伯爵は私の顔をまじまじと見て言葉を切った。

「ステラ様？」

「こんばんは」

私は礼の姿勢を取る。相手は王宮に通う大臣だ。私も見知っているし、向こうも気づくのは当然だろう。

「号外が出た時はびっくりしましたけれど、訂正記事が出てよかったですわね、ステラ様」

彼の隣にいた伯爵夫人が、上品に微笑んだ。

「訂正記事？」

なんのことかわからず、私は首をかしげる。

「はじめはステラ様に原因がある書き方でしたけれど、訂正記事によれば、心変わりをしたのはグエナエル殿下の方だったそうね。それでもこれから大変でしょうけれど、王家の援助で将来は保証されているとか。今夜もその一環かしら？」

あのひどい内容の号外の後に、訂正記事が出ていたとは知らなかった。

（だから、カフェに行った時もみんな私のこと気にしていなかったんだ）

きっとそれがなかったら、私はまだ大勢の人々から白い目で見られていたかもしれない。

新聞記者の良心に感謝しなくちゃ。

「今夜はプライベートで。私の方からステラを誘ったのだ」

夫人の問いかけにルドヴィクがあっさりと言い切るものだから、伯爵夫妻は笑顔のまま頷きかけて、「ん？」というような顔になった。

「では、失礼する」

ルドヴィクは軽く会釈した。

「は、はい。良い夜を」

呆気にとられたままの伯爵はぽかんと口を開けて、歩きだした私たちを眺めていた。

「ルドヴィク殿下。あんな風に言ったら誤解されてしまいます」

焦って口をパクパクさせて抗議する。

「誤解？」

「あれではまるで、殿下が私に気があるような言い方ですよ」

まだ婚約するとは返事をしていないし、また話に尾ひれがついてとんでもない飛ばし記事を書かれ、ルドヴィクにも迷惑がかかってしまったらどうすればいいのか。

「では、誤解とは言わないな」

つい、とこちらに視線を流して、彼はふっと口角を上げた。

「……っ」

心臓をぎゅっと摑まれたような気がして、私は息を呑んだ。

たちまち顔が熱くなってくる。

(私に気があるのが、誤解ではないって……)

それは『私がルドヴィクに気がある』の間違いでは？

逸る鼓動が気持ちを上ずらせる。

「どうぞ素敵な夜をお過ごしください」

二階の深紅の絨毯を進むと、重厚な扉が警備の者によって開かれた。

「う、わぁ……」

私は思わず声を上げていた。

劇場内はロビーと同様に豪華な装飾に包まれ、広々とした三層の観覧席がある。私たちが入室した豪華なボックス席は開かれたバルコニーがついていて、馬蹄型の劇場が一望できた。

ステージにはまだ天鵞絨の緞帳が下りている。一階の前方はオーケストラピットになっていて、そちらはすでに準備が進められているようだ。

「初めての歌劇をこんな素敵な場所から観られるなんて……」

ここは王族や彼らが招いた賓客しか立ち入ることができない席だ。望んでも気軽に立ち入れる所ではない。

「ありがとうございます、ルドヴィク殿下。すごく嬉しいです！」

胸のときめきが歌劇に対する期待にすり替わって、私は振り返ってルドヴィクに笑いかけた。

「それはよかった」

彼は眩しそうに目を細める。

やがて緞帳がするすると上がり、オーケストラの壮大な音とともに舞台俳優たちが現れた。

物語は『魔法の約束』というタイトルで、魔法のある世界で、魔法使いのヒロインが騎士団の若き団長と恋に落ちるというものだった。

第一幕では二人の出会いから始まる。ヒロインが所属する魔法教団と騎士団長が仕える王との対立により、想いを秘さねばならない。やがてヒロインには別の男との縁談が持ち上がり、二人はますます逢瀬を重ねることが難しくなった、というところで幕が下りた。

「皆さん、とても素晴らしい歌唱力と演技ですね」

息を詰めて観ていたからか、客席の照明が明るくなると、私はホッと長い息を吐いた。

主演の歌姫は稀代のソプラノ歌手と称されているらしく、心に響くような圧倒的な声量に思わず肌が粟立つほどだった。

しばしの休憩時間に私たちは大休憩室で軽い食事を摂ったり、芝居の内容について語り合ったりした。

「そんなに感動したのなら、次の公演のチケットも押さえておこうか」

「えっ？」

座席に戻ってきて芝居談議が一段落ついた時、ルドヴィクの提案に目を丸くする。

今夜来られただけでも嬉しいのに、もう次の予定を？

二つ返事で承諾したいところだが、さすがに毎日のように私のわがままを叶えてもらうのは申し訳ない気がする。

「グエナエル殿下は歌劇に興味がないみたいで、一度も連れてきてもらえなかったので、今夜ルドヴィク殿下と来られただけでも嬉しいです」

「……本当はグエナエルと来たかった？」

そう口にしたルドヴィクの表情が翳る。

「え？」

何かいけないことを言ってしまっただろうか。

「そ、そんなことはありません。それにもう、私は彼の婚約者ではありませんし」

そう答えると第二幕の開幕ベルが鳴り、ハッとした私たちは舞台の方へ視線を向ける。

第二幕は、ヒロインと騎士団長の葛藤や、信じあう心が描かれ、全身全霊をかけて騎士団長への愛を叫ぶシーンだった。

高らかに歌い上げる愛のアリアは心を揺さぶる。

障害を乗り越え、命を懸けて立ち向かった二人が、最後に結ばれる壮大な愛の物語だった。

大好きな人へ、ごまかさずに真っ直ぐ想いを伝えたい。

言葉にしなければ後悔するから。

そんなメッセージを歌劇から受け取った私は、カーテンコールが終わっても、まだ呆然として舞台を見つめていた。

「大丈夫か？」

ルドヴィクに声をかけられ、そちらを向いた途端に頬を流れている涙に気づく。

「あ……大丈夫です。本当に素晴らしくて」

感動して涙を流すという体験が初めてだったので、自分でも驚いた。

涙を拭こうとしたらルドヴィクがハンカチを差し出してくれる。

「あ、ありがとうございます……」

私はそっと目元にハンカチを押し当てた。

「もう大丈夫です」

そう言って私は立ち上がった。

「暗いから足元に気をつけて」

自然と差し出される腕に私はそっとつかまる。

ただでさえ歌劇に感動して胸がいっぱいなのに、温かな所作に嬉しくて感情が溢れそうになった。

どうしてルドヴィクはこんなに優しいのだろう。

馬車に乗り込めば、王宮まではあっという間だ。

「今日は楽しかった？」

馬車を降りる時に月明かりを浴びた彼の流麗な笑みに見惚れて、うっかり踵を滑らせてしまった私の体がふわりと抱きとめられる。

（ぴゃ――！）

洗練された深い甘さの気品溢れる香りを吸い込んでしまって、私のときめきバロメーターの針が振り切れた。

頭の先から湯気が出そうな勢いで顔を真っ赤にした私は、慌てて彼から離れる。

「もも……っ、申し訳ありません！」

恥ずかしすぎて目の前がぐるぐる回った。

「かまわない。離宮まで送っていこう」

十年間の妃教育とはなんだったのかと、自分を叱りたいくらい情けない。

夜風でも冷ませないほど火照った頬を片手で押さえ、私はルドヴィクが差し出してくれた腕にそろそろとつかまった。

王宮へ戻る際に、前方から一台の馬車が横を通り過ぎていった。

こんな時間に出かけるのか、はたまたタウンハウスへ戻る貴族の誰かか。

そちらを見ようとしたらさっとカーテンが閉められたので、乗っている人物までは見えなかった。

大理石の床を進んで、王宮と離宮を繋ぐ薔薇園の方へ向かう。

今夜は満月の優しい光が降り注いでいるが、それ以上に橙色の温かい光が揺れているのが見えて私はぽかんとした。

「帰りは暗くなると思って、ステラが不安にならないように明かりを用意してもらったのだ」

薔薇園のあちこちに設置されたランプが、まるで魔法の光の花を咲かせているようだった。

「やっぱり私を子ども扱いしているじゃないですか」

少しだけ拗ねたように眉を寄せる。

「その逆なのだけれどね」

ルドヴィクが苦笑した意味がわからなくて、私は首をかしげる。

ここを抜ければ離宮まではすぐだ。

まだ一緒にいたいと思うわがままを、ルドヴィクは聞いてくれるだろうか。

月夜の魔法がかかっている今なら、自分の気持ちを伝えられそうな気がする。

「ルドヴィク殿下――」

「ステラ――」

互いに顔を合わせて名前を呼んだのは同時だった。

私は恥ずかしくなって俯く。

「あ、あの、殿下から、どうぞ……」

困ったように笑って、ルドヴィクにどうぞと促した。

「……もう少し、ステラのそばにいたい」

ためらいがちに口を開いたルドヴィクの耳が、赤いかどうかはよくわからない。けれど、普段は凛々しい眉のラインが八の字に曲げられ、目元は希うように揺れている。

引き結んだ唇が、それ以外の言葉は発さないという強い意志を伝えていた。

「わ……私も、同じことを、言おうと思って……」

表情筋が仕事をしてくれない。

唇はあわあわと震え、視線は一点に定まらない。

「では、少しあそこで話をしようか」

ルドヴィクは微笑して、薔薇園のガゼボのベンチを指した。

頷いた私は彼の腕につかまったままそこまで行き、ベンチに浅く腰かける。

「改めて、今夜はありがとうございました……」

私は深々と頭を下げた。

ちがう。本当に言いたいことはそうではないのに。

「えっと、それだけではなくて……」

そうだ。勇気を出すのよ、私！

膝の上でぎゅっと手を握り込む。

「グエナエル殿下に婚約破棄されて、平民になってしまった私に、ここまでしてくださって、いくらお礼を言っても感謝しきれないくらいです」

私は俯いて地面を見つめながら言葉を紡ぐ。

静かな月夜だった。

黙っていたら、鼓動の音が聞こえてしまうのではないかと思うほど。

「では、私との婚約の話は、前向きに考えてくれているのだろうか？」

ルドヴィクの優しいテノールが心を震わせ、その核心的な質問に私はどきりとした。

「私……いまだにわからなくて。身分は完全に釣り合わないですし、落ち着いた大人には程遠いです。もし本当に責任をとる為だけの結婚なら、しなくてもいいです」

ずっと疑問に思っていたことを思いきって彼に尋ねてみる。

冗談だと笑い飛ばしてくれてもよかったのに、義理で結婚されるのだとしたら、これほど悲しいことはない。

「ステラのことを愛しているからだ」

迷いのない言葉が、緊張している私の耳に滑り込んできた。

私は夢の中に迷い込んだのかと思って、軽く手の甲をつねってみるけれど、まぎれもない痛みがあった。

ゆっくりと顔を上げて隣を見れば、揺るぎない眼差しが私の視線を縫い留める。

ここは、歌劇の舞台の上ではないわよね？

演技ではない、本心ということで合っている？

「信じてもらえないだろうか」

私が何も言わないからか、ルドヴィクの瞳が不安そうに揺れた。

「王位継承の関係で、本来王弟は未婚を貫く慣習になっている。だが、グエナエルの目に余る行動に兄がひねり出した結論が、私が誰かと結婚することだった」

やはり、ルドヴィクのような理想を詰め込んだ完璧な男性が未婚であるのには、正当な理由があったのだ。

「なんの苦労もなく次期国王になれると思っているグエナエルに、灸をすえるつもりなのだろう。そこで白羽の矢が立ったのが君だ」

「婚約破棄すれば、私の結婚相手がいなくなるから……」

「ステラには申し訳ないが、私にとっては思ってもみない幸運だった」

「申し訳ないなんて……」

私はゆるゆると首を横に振った。

「十年もグエナエルのそばにいて、王太子妃になるための教育もこなしてきたのに、そのすべてが無駄になったのだ。無理にでも婚約破棄を止めることもできたのに、それをしなかったのは――私がステラと結婚したかったからだ」

　ルドヴィクの青い瞳が月の光を集めて真摯に輝く。

　青白い月光ではっきりとわからないが、もしかしてまた耳が真っ赤になっているみたい？

「私がもっと若かったなら、強引にでもステラを奪っていたかもしれない。だが、歳を重ね、立場と責任というものに縛られ、君を見守ることしかできず、もどかしかった」

　夢ではないのよね？

　今度は片頬をつねってみたが、当然のように痛みがある。

「でも、いつもよくないことの原因は私で……。もし私と結婚したことでルドヴィク殿下にご迷惑が掛かったら……」

「ステラ。そんな風に思わなくていい」

「ルドヴィク殿下……」

「君は真面目で責任感の強い女性だ。頑張ってきた姿をずっと見てきたからわかる。だが、この世のすべての責任を背負い込むような必要はない。君は何も悪くないのだから」

　ルドヴィクは私の手にそっと自身の手を重ねた。そこから深い温もりが伝わってくる。

　彼の言葉で、小さな頃から心に絡みついて取れなかった茨が緩んだような気がした。

「私は悪くない……」

ぽつりと呟いてみると、ルドヴィクが包み込むような温かい笑みを浮かべた。今までは

そう思いたくても、どこかでやはり自分の選択が間違っていたのではないかという不安が付きまとっていた。けれど、彼の笑顔を見たら、さらに茨の拘束は解けて心が軽くなる。

「もっと人を頼り、甘えていいのだ。ステラが抱えきれないものは、遠慮なく私に分けてほしい」

励ます彼の澄んだ瞳に、偽りの色は見えなかった。

目の奥がじんと熱くなり、開きかけた唇が震えて言葉が出てこない。

何か問題が起きるとすぐ自分のせいだと、うまくいかないのは自分が悪いのだと、だから落ち込むことがあっても仕方ない、我慢しようと諦めて生きてきた。

「もう一度言う。君が悪いだなんて思わない。自分を否定しなくていい」

包み込んでいる手に力が籠るのがわかった。この手を離してしまったら、きっと後悔するだろう。

心に翼が生えて羽ばたいていく、ルドヴィクの下へ、真っ直ぐに。

──今、言わなければ。答えを出さなければ。

想いが堰を切ったように溢れた。

「ありがとうございます、ルドヴィク殿下。結婚のお話、お受けいたします」

はっきりとそう告げれば、彼は瞠目する。

「ステラ――」

「ずっと、ずっと……憧れていたのです。初めて会った時から。でも、ここで過ごすうちに、私の中にあるのは憧れだけではないと気づいたのです」

後悔はしたくないから、自分の気持ちをごまかさない。

「好きです、ルドヴィク殿下」

ようやく本当の想いを解き放つことができた。

目の前の景色が歪んだかと思ったら、涙がとめどなく溢れていた。

泣き濡れた頰を拭いながら、私は肩を震わせる。

「ステラ。君は……その……グエナエルを愛しているのだと思っていた……」

「へ？」

ぼろぼろと透明な雫を零しながら、私は目を瞬いた。

「厳しい妃教育にも耐え、十年も王宮に通い続けてきたのは、あいつと一生を添い遂げたいという心があったからこそではないのか？」

大真面目に尋ねてくるルドヴィクに、私は大きく首を横に振ってみせた。

いやいや、あんな男のどこがいいの⁉

あ、そうだ。顔だけはね。ルドヴィクに似ていたから、そこだけは、あくまでほんの少し。

でも、結局最後まで愛という想いは微塵も生まれなかった。

「嫌だと言えば、叔父たちに何を言われるかわからなかったから、何も言わなかっただけです。それこそ義務感からです」

婚約破棄された結果、叔父たちが下した判断は、伯爵家からの除名という形ではっきりと出ている。

「私、身分もありませんが、本当にいいのですか？」

ルドヴィクの負担にだけはなりたくなかった。

「言っただろう、君はもっと甘えていいと。身分は関係ない。愛している。それ以外に理由はない。君が疑うなら何度でも伝えよう。愛して――」

「わわ……わかりましたっ。殿下のお気持ちに偽りがないのはわかりましたから！」

嬉しくて、恥ずかしくて、体中の熱が暴走しまくっている。

もう泣くことはないと思っていたのに、真っ直ぐな愛を受け止めて、私はまた涙を流す。

「大切にする。私の人生を君に捧げると誓おう」

ルドヴィクにそっと抱きしめられて、私は彼の胸の中でさらにしゃくりあげた。

「殿下……ありがとうございます」

これは――うれし涙。

エレンヌには五人の弟妹がいて、家の生活を助けるため十四歳の時にボードリエ伯爵家に奉公に出された。前伯爵が亡くなって使用人がいっぺんに暇を乞い、人手不足だったので身分は問われなかった。

家でも一通りの家事をこなしていた彼女は、すぐに屋敷の仕事も覚えた。洗濯や掃除だけでなく、伯爵家の人々と直接関わる仕事も任されるようになる。そこで彼女はなぜ以前までいた使用人が辞めていったのかを知った。

伯爵も夫人も、見栄っ張りで傲慢、加えて気分がコロコロと変わる扱いが難しい人たちだったのだ。

一方で、前伯爵の忘れ形見であるステラは、元気でかわいらしい女の子だった。妹に年齢が近かったこともあり、エレンヌは彼女の世話をよく焼くようになった。

王太子から婚約を申し込まれたステラが王都へ行く時には、迷わずついていくことを決めた。

勉強に次ぐ勉強の日々で、ステラに以前までの活発な様子は見られなくなった。遊びに行くことは許されず、ひたすら王宮とタウンハウスの往復の毎日。

それから五年が経ったある日、机に伏せてうたた寝をしているところを見つけ、ガウンをかけてあげようと彼女に近づいた。

「あら？　これはグエナエル殿下？」

ステラは勉強道具を机の端に寄せて、一枚の紙に青年の絵を描いていたようだ。

ほぼ描き上がっているその人物は、ずいぶん大人びて見えた。

「たしか殿下は、今、十七歳よね」

それにしては、凛々しく精悍な顔立ちである。

「もしかして、将来はこんな風に……なんて、想像で描いたのかしら」

微笑ましくて、くすりと笑いを漏らすと、ステラがハッと目を覚ましたようで、慌てて紙を裏返した。

「見ないで！」

「申し訳ありません。少し見えてしまいました。とても上手に描けておりましたよ」

正直に答えて頭を下げると、ステラは顔を赤くする。

「上手？」

「ええ、とても。明日それをグエナエル殿下に見せてさしあげてはいかがですか？」

「……できないわ」

ステラはしゅんと俯いた。

「なぜです？」

　エレンヌは首をかしげる。

「だって、どうしてルドヴィク殿下の顔を描いているんだって怒られちゃう」

　それを聞いてエレンヌは驚いて目を丸くした。

「ルドヴィク殿下というのは、国王陛下の弟君で、宰相をなさっている、あの……？」

　確認すると、ステラは顔を赤くして頷く。

　その純粋な反応だけで、彼女は理解できた。

（お嬢様は宰相様に憧れていらっしゃるのね！）

　なんとかわいらしいことだ。

（たしか宰相様との歳の差は二十歳……でも、憧れに年齢なんて関係ないわよね）

　聞けば迷子になったところを助けてもらい、王宮でもつらい勉強の合間に励ましてくれる優しい人格者のようだ。

　だがステラはすでに王太子の婚約者だ。いくら憧れてもそばまでいけない。

　エレンヌは努力家のステラを不憫に思った。

「それなら、せめて白薔薇隊報にこの絵を投稿してみてはいかがですか？」

「でも……グエナエル殿下は面白くないと思うわ」

　再び沈むステラを元気づけるため、入隊はせずに匿名での投稿を提案した。

それが功を奏し、ステラの描く絵は右肩上がりに人気が出た。

しかし、それに反比例するようにグエナエルとの距離は開き、ついには婚約を破棄される。

それだけでもショックだろうに、あろうことか伯爵夫妻はステラを除名処分すると言い出した。

王宮に向かったステラを追いかけるために、エレンヌは辞職を申し出た。それから荷物をまとめ、伯爵たちがドレスや宝飾品を漁っている間に、素早くデッサンと画材を鞄に詰めて最低限のものを持ってタウンハウスを出る。

絶対にステラお嬢様を一人にさせるものですか！

そう意気込んで彼女のいる離宮に通されると、信じられないことにルドヴィクから求婚をされたというのだ。

正確にはステラの方から申し出たようだが。

まさか了承してもらえると思っていなかったようで、ステラは彼の真意がわからないと困惑している。

たしかに、急すぎる話ではある。

運よく侍女として雇ってもらえることになったエレンヌは、ルドヴィクの本心を見極めようと決心した。

ステラを騙したり、利用したりする気配がないか注視していたが、どうやら怪しい様子は見えない。むしろ好意的すぎるくらいである。

余裕のあるルドヴィクの態度に、純情可憐なステラは悶絶し、そのかわいらしい姿を眺めるのは本人には申し訳ないが楽しかった。

しかしながら、ときめきバロメーターの針を振り切る出来事があったらしく、彼女はルドヴィクを避けるようになっていた。

憧れが仄かな恋心に、やがて純粋な愛に。

きっと初めての恋で、自覚が追いつかないのだろう。戸惑うステラはかわいらしく、そばで見守っているのはもどかしくも微笑ましかった。

「エレンヌ。ステラに仕えて長いのだろう？　聞きたいことがある」

ある日ルドヴィクに声をかけられ、足を止めたエレンヌは少し警戒する。

「どのようなことでしょうか？」

「ステラの好きなものを教えてくれないか？　行ってみたい場所ややりたいことでもかまわない」

静かな声で尋ねる瞳は真摯で、裏があるようには見えなかった。

好きな方なら今、私の目の前に――。

そう零しそうになるが、こういうことは本人の口から言わないと心には響かないだろう。

「そうですね……お嬢様はここと タウンハウスの往復だけでしたから、王都での買い物やカフェに行ってみたいとおっしゃっていました。児童養護施設へ行く時は王都を通っていくようなのですが、決して馬車を停めてはもらえないようでした」

「カフェ？」

「『ミエル・ド・ロワ』という半年先まで予約で埋まる人気店です」

「ああ……以前公務の一環で行った記憶がある。王家に献上している蜂蜜を使っているという店だったな」

「そうです。あとは、歌劇も観てみたいとおっしゃっていました」

答えると、ルドヴィクは何やら思案顔になる。

「あの、一つだけ確認しておきたいことがあるのですが」

エレンヌはすうっと息を吸い込んだ。

「無礼を承知で申し上げます。ルドヴィク殿下は、償いのつもりでお嬢様とご結婚なさるのでしょうか？」

「償い？」

「王太子殿下の婚約破棄の責任を代わりにお取りになる心積もりなのであれば、そんな義務や同情で優しくするのは間違っているのではないかと」

グエナエルとは仕方なく結婚するつもりだっただろうが、好きな相手から義務感で結婚されるのは傷つくと思ったのだ。

「私の大切なお嬢様には、絶対に幸せになっていただきたいのです」

言葉が過ぎると解雇されるのを覚悟で、エレンヌは自分の思いをぶつけた。

「ステラのそばにいるのが、君のような優しい人でよかった」

ルドヴィクは春の日差しのような温かさで微笑んだ。

なるほど。ステラが悶絶する気持ちがよくわかる。

納得の面持ちでエレンヌは頬を染めた。

「君の心配するようなことは何一つ起きない。私だってステラの幸せを願っている。この手で幸せにしたいと考えている」

そう語るルドヴィクの耳は真っ赤だった。

この方になら、安心してステラお嬢様を任せられる――。

エレンヌは深く頭を下げた。

「たとえステラがグエナエルのことを愛していても、一生をかけて私の方に振り向かせてみせる」

ルドヴィクの決意に、エレンヌは目が点になった。

「王太子殿下のことを愛していらっしゃる……？」

「十年もそばにいたのだ。その愛は深いものだろう。だが、私は私なりの愛で彼女を幸せにする」

おっと、これはお互いに勘違いをしているのでは？

エレンヌは口を開きかけたが、やめた。

（こういうことは、当人同士で時間をかけて気持ちを寄せていかないと、うまくいかないものだわ）

「陰ながら応援しております」

エレンヌは仕事モード全開の粛然とした笑みを浮かべて、恭しく頭を下げた。

二人が通じ合えば、あとは幸せな結婚に向かって突き進むのみ。

今まで以上に肌や髪、爪の先まで手入れに気を遣い、ステラが結婚式で突然「ぴ！」と叫び出さないように教え込むのも忘れてはいけない。

大団円はきっともうすぐそこに……。

# 第五章　暴かれた秘密と揺るぎない愛

　昼下がりの日差しが、部屋の中に優雅な光を注いでいた。窓際に置かれた大きなソファで、カミーユの膝に頭を預けたグエナエルが横になっている。彼の鼻の頭には深いしわが刻まれていた。

　身じろぎ一つせずにアームレストに両脚を放り出し、どこか遠くを見つめ、その視線がカミーユと合うことはなかった。

　彼女は愛おしそうに、婚約者の金の髪を撫で続けていた。そうすれば不機嫌な態度が鎮まるとでも信じているように。

「そういえば、ステラ様とルドヴィク殿下が歌劇を鑑賞しに行かれたんですって。わたしもグエン様とデートしたいですわ」

　カミーユはうっとりとした様子で、口元に笑みを浮かべる。

　するとグエナエルがちらりと彼女の顔を見上げ、すぐに視線を逸らした。

「ふん。あの二人がデートなんかするものか、年の差を考えろよ。叔父上も保護者のつもりなのか、甘いことだ」

「では、わたしとグエン様でしたら立派なデートですわね」

うふふ、と屈託なく笑んで、カミーユは彼の手を握る。

「俺は歌劇など興味がない」

「まあ。そうなんですの？」

「カードやダイスで遊んでいた方がおもしろい」

グエナエルの言うそれは、賭け事のことだ。

王都には貴族しか入れない高級クラブがあり、カミーユがグエナエルと出会ったのも貴族のパーティーではなくその店だった。

カミーユは直感が冴えているのか、ゲームで負けることはめったにない。そこで話すうちに意気投合したのだ。

生真面目なステラなら、そういう賭博場に出かけただけでも嫌な顔をするだろう。だから純粋にグエナエルの愚痴に耳を傾けてくれ、なんでもないことで褒めてくれるカミーユは、自尊心を甘く浸してくれる糖蜜のような存在だった。

カミーユこそが運命の相手なのだと、雷に打たれたような気分になってからは、彼女に首ったけになった。

彼女がいてくれたら他には何もいらない。

そう思ってステラとの婚約を解消した。その後、ステラは伯爵家を追い出され平民同様になったらしい。だが、どういうわけか叔父の権限で離宮に滞在しているという。おそらく彼女に情が湧いた父たちと話し合って、今後の身の振り方でも考えているのだろう。

「今夜もまた遊びに行きます？」

　カミーユが彼の指に自分の指を絡めた。

「……妃教育はいいのか？　あと二か月くらいで結婚式を挙げる。その後はおまえも公務をこなすのだぞ」

「もおお～。グエン様まで急かすんですの？　あの先生、厳しすぎますのよ」

　黒目がちな瞳をキラキラと潤ませる。

「厳しいなんてステラの口から聞いたことがなかったが」

「きっと、わたし嫌われているんですわ」

　ぷんすかと頬を膨らませ、カミーユは唇を尖らせた。

　そう言って、ここ数日は王宮へやってきても、ずっとグエナエルの部屋に入り浸っている。

　グエナエルは小さなため息をついたが、彼女はそれを見逃さなかった。

「婚約破棄したことを後悔なさっていますの？」

　髪を撫でる手を止め、静かな声で問いかける。

「まさか。ステラにはさっさと王宮から出ていってほしいと思っている」

グエナエルは不機嫌な表情を深めた。

ステラのことを考えると、どうしようもなくイライラしてくる。

特に、観劇から戻ってきた時の様子を密かに目撃してしまった時から、苛立ちは増していた。

カミーユに誘われ、いつものように夜の街へ馬車に乗って出かけようとしていた時だ。すれ違いざまに見た月明かりに仄かに照らされたステラは、瞳を潤ませ叔父に抱き着いていた。あんな顔をしている彼女は初めて見た。

(子どもみたいに甘えてみっともないと思わないのか。俺には人形のようなすまし顔しか見せなかったくせに。叔父上だって、保護者ならもっと毅然とした態度で躾けてやればいいものを……)

臣下の中には、ステラとカミーユの才気を比べる者も出てきた。このままではカミーユを否定する人間が出てきてもおかしくない。そうなれば結婚にも支障が出るだろう。

「ああ、もう。だめだ、眠気がどこかにいってしまった。少し一人にしてくれないか。おまえもちょっとは勉強しろ」

カミーユの指を解いて起き上がったグエナエルは、彼女の手を引いて歩き出すと、部屋の外へ押し出した。

「グエン様!?」

カミーユは目を丸くしてドアノブを摑むが、中から押さえられているのかびくともしない。

諦めた彼女は、ゆっくりと通路を引き返した。

「おかわいそうに。グエン様を苦しめているのは、やはりステラ様なのですわね」

カミーユはぼそりと呟く。

(あの人が婚約破棄された日に、新聞記者さんにお願いして、大げさな記事を書いてもらったのに……)

新聞記者の男は平民でも入れる賭博場の常連だった。借金があるにもかかわらず、それを返そうとさらに賭博につぎ込んでいた。

カミーユからしてみると、どうしてそんなに負けるのかわからなかった。だから借金があることを家族に内緒にし、金を立て替えてやることで、カミーユとグエナエルを持ち上げるような記事を書くように依頼したのだ。

——それなのに。

なぜか、それがルドヴィクにばれてしまった。

新聞記者は家族にも正直に話すといい、今後は更生するとかなんとか。

今回はお咎めなしだが、次に同じことをすれば容赦しないとルドヴィクは言っていた。

(どういうつもりなのか知らないけど、男の人は結局みんな、わたしの味方なのよ)

カミーユはくすくすと笑った。

「新聞記者さんが使えないなら……」

そう言いながら、足が離宮の方へ向く。

直接、ここから出ていってもらうように話すしかない。

「だって、わたしは次期王妃。この国で王に次ぐ権力をもつ人間になるんですもの」

勉強不足のカミーユは、二番目の権力者が宰相であることを知らないようである。

るんるんとした足取りで離宮へ赴くと、ステラは侍女とともに児童養護施設へ慰問に出かけており、不在だという。

「では、お戻りになるまで中で待たせてもらいますわ」

カミーユは首を傾けて微笑んだ。

「ですが——」

「あなた、お名前はなんとおっしゃるの？　王太子妃になったら、侍女長に掛け合って人事異動も可能ですのよ」

目を細めて名前を尋ねると、侍女は口を開きかけ、諦めたように不承不承頷いた。

「……どうぞ、お入りください」

「ありがとう。紅茶はアールグレイがいいですわ。あと、とびきり甘いカップケーキを焼きたてをお願いいたしますわね」

にっこりと笑って注文をつけると、侍女は黙って頭を下げて部屋を出ていった。

「ふうん。こぢんまりとしたつまらない部屋ですわぁ」

一人になったカミーユは、ゆっくりと歩き出した。

応接室を出て、部屋を一つ一つ覗いていく。

寝室を見つけた彼女はためらうことなく中へ入り、クローゼットの中を開けて、そのドレスの数に目を丸くする。

「まあ。さすが元伯爵家の財産ね。わたしは王家に嫁入りするのだから、これよりももっといいものを買ってもらえますわ」

にんまりと口角を上げたカミーユは、クローゼットの下に木の箱を見つけた。

「これは、アクセサリーかしら？」

しゃがんでそれを開けると、中には紙の束が入っている。

「なにこれ……ルドヴィク殿下……？」

どれも鉛筆で描かれたデッサンだ。

（こんなにたくさん、どういうことかしら？　ステラ様のものですわよね？）

無知なカミーユは、白薔薇隊報のことを知らなかった。

「――いいこと、思いついちゃった」

カミーユは紙の束をかき集め、忍び笑いを漏らす。

「グエン様を苦しめる方には、お仕置きしませんとね」

きっと、ステラが王宮から早くいなくなってくればグエナエルは感謝するに違いない。

その時のことを想像してカミーユは頰を赤らめ、オニキスのような瞳を毒々しいまでに妖しく潤ませる。

侍女が紅茶とカップケーキを載せたワゴンを押して戻ってきた時には、すでにカミーユの姿はなかった。

部屋の中も特に変わった様子はない。

「気まぐれなお方だわ。すぐに戻られたのだから大した用事ではなかったのよね」

これなら特にステラに報告するまでもないだろう。

「あまり名前を聞きたい相手でもないでしょうし」

侍女は大きなため息をついて、ワゴンを厨房へ戻すために引き返していった。

ラフォルカ王家主催の舞踏会の日がやってきた。
春の暖かい空気がまだ漂う夕暮れの空の下、王宮には続々と国中の貴族たちが集まってきていた。

「新しいドレスが間に合ってよかったですね」

支度を手伝ってくれたエレンヌが目を細め、嬉しそうな表情を浮かべる。

「ありがとう。ブランシュの提案のおかげだわ」

私は鏡の前に立って、ドレスのスカート部分を軽く摘まみ上げた。

服飾店で見た時はただの桃色のベルスリーブのドレスだった。だが今はそれに白いチュールレースを何枚も重ね、気品と優雅さが加わっている。

パニエで膨らんだスカート部分には白薔薇やスミレの花を模した飾りがいくつも縫いつけられ、腰の部分には共布で作られた大きなリボンがついていた。

また、金糸で細やかな刺繍と宝石がちりばめられており、ドレスを揺らす度にキラキラと光を弾く。

ミルクティー色の髪は耳から上の部分を編み込み、大部分はゆるやかに流していた。

「この真珠と白薔薇の髪飾りが、お嬢様の魅力をさらに引きたてておりますわ」

優しく波打つ髪は、侍女たちの毎日の手入れの賜物だ。艶やかに磨き上げられたそれを眺めて、エレンヌたちはうんうんと満足そうに頷く。

「そんなに褒めないで」

私はかすかに頬を染めて笑った。

ドレスと一緒に購入したダイヤのネックレスとイヤリングは、目もくらむほど上質なものだ。

「もうすぐかしら」

化粧を終え、レースの手袋を嵌めた手を胸元に当てながら呟いた。

あんまり気合いを入れ過ぎて、ルドヴィクに引かれたらどうしよう。

そわそわしながら居室で待っていると、扉がノックされた。

「ステラ。迎えにきた」

入ってきたのは、礼装姿のルドヴィクだった。

『ぴ』は、こらえてくださいね、お嬢様」

すかさずエレンヌに耳元で囁かれ、震える唇をなんとか弧を描くように動かした。

(無理、無理、無理～！　かっこよすぎる！)

こちらにゆっくりと近づいてくるルドヴィクに、完全に目が釘付けになる。

白のジュストコールの襟や袖口には、細やかな金糸の刺繍が入っていた。シャンパンブルーのクラヴァットタイを留めているのは、宵の口の空を閉じ込めたような美しいサファイヤ。ウエストコートは誠実なロイヤルブルーのものが使われている。

ボタンの一つ一つはダイヤでできており、胸元には白薔薇を模した共布の飾りがついていた。

ルニーネ国の宰相の最上級の礼装だった。

穢れなき政を行うという誓いを込めて、白を基調としている。これが王弟親衛隊の情報紙『白薔薇隊報』の名前の由来である。

背中どころか部屋中に純白の花が咲き乱れております――。

「とても綺麗だ。美の女神も嫉妬するほどに」

彼に見惚れていたら、信じられないようなことを言われて飛び上がりそうになる。

「ルドヴィク殿下こそ……すごく素敵です……」

俯きがちに返答すると、もにょもにょと語尾が窄まっていった。

それを聞き逃すまいと、彼が体をかがめて顔を寄せてくる。

「もう一度聞かせてくれ」

頬が触れあいそうなほどの距離で悠然と声が響いた。

部屋にはエレンヌたちもいるというのに、その視線も気にすることなく迫られて、私は卒倒しそうになる。

「すごく、素敵です……」

やっとの思いで答える。彼のつけている洗練されたフレグランスがふわりと香って、くらくらと眩暈がした。

（ひぃぃぃ～！）

意識が飛びそう！

先日、観劇に出かけた時は前髪をすべて上げていて、色気がだだ漏れしすぎていたので、今夜は少しだけ前髪を下ろしてほしいと事前にリクエストしていたのだが、かえってだめだった。

(その髪型もよくお似合いです！)

片側だけを整髪料で上げ、反対側は軽く下ろしている。そのはらりと下ろした前髪がとんでもない色気の暴力だった。

(いいえ、ステラ。今夜のルドヴィク殿下のお姿を目に焼きつけて、次の白薔薇隊報に投稿するのよ)

己にしか通用しない理由で自身を奮い立たせ、ゆっくり顔を上げると彼に微笑まれる。

「あちらへ行く前に、君に贈りたいものがある」

手袋を外してと言われて、私は左手のレースのそれを取った。

「ステラ。永遠に続く愛の証にこれを」

薬指に嵌められたのは、プラチナの指輪だ。そこにはサファイヤが輝き、薔薇の細工が彫られている。

かつてグエナエルから贈られたものは純銀ではあったが、ちんまりとダイヤが埋め込まれただけのものだった。それでも高価であることに変わりはなかったけれど、さて、あれはどこに仕舞ったんだっけ？

たぶん今頃は、叔父たちに売り払われて、質屋にでも並んでいるかもしれない。

「こ、こんなに素晴らしいものをいただいてもいいのですか？」

「もちろんだ。できれば肌身離さず身に着けて、私を思い出してほしい」

ルドヴィクは眉を八の字に曲げて微笑した。

これは、照れている時の顔かしら。

常に自信と落ち着きをもって的確な判断力と決断力を備え、日々の努力と研鑽を怠らない自分に厳しい人、というのが以前までのイメージだった。冷静で、感情的になることはない、と。

しかしながら、最近は少しずつ彼のことがわかってきた。

ずっと年上の大人の人だと思ってきたけれど、私がドキドキするみたいに、ルドヴィクだって私にときめいてくれているのだ。そこに年齢なんて関係ない。

「嬉しいです。ずっと大切にしますね」

指輪の光る左手をぎゅっと握り込んで、顔をほころばせると、ルドヴィクの耳は真っ赤になった。

かわいい、なんて言ったら怒られますよね？

「では、そろそろ行くとしようか」

「はい」

喜びに包まれた笑顔を向け、手袋をそっと着けると、彼の腕に手を添えた。

「いってらっしゃいませ。私たちも大広間の片隅で見守っておりますので」

恭しく頭を下げたエレンヌたちに見送られ、私とルドヴィクは王宮の大広間に向かった。

深紅の絨毯が敷かれた通路を歩いていくと、王家の者だけが通れる扉の前に到着する。

そこにはすでに国王陛下と王妃殿下、そしてグエナエルとカミーユの姿があった。

「なぜ、ステラが⁉」

意表を突かれたように声を上げたのは、グエナエルだった。その隣にいるカミーユもきょとんと大きな目を丸くする。

「今夜はおまえたちの婚約の他に、報告することが一つ増えてな」

国王は穏やかな口調で息子に告げる。

「は？　我々の婚約報告だけでいいでしょう？　まさかステラが平民になったのは私のせいだと、皆の前で責めるおつもりですか？」

グエナエルは鼻で笑った。

「そういうことではない」

国王がため息をつく。

前回会ったのは半年くらい前だったと記憶しているが、ずいぶんと頬がこけたように見える。どうやら苦労しているのは本当のようだ。

同情はしますが、その息子を十年間も私に押しつけたことだけは、大いに反省してくださいませ。

「楽しみになってきましたわ」

カミーユが嬉しそうに目を細める。

ワインレッドのドレスは胸元が大きく開いたデザインで、袖口には白いレースのフリルがたっぷりと縫いつけられている。彼女の黒髪にはよく似合っていると思った。

「お時間です。よろしいでしょうか?」

国王のそばにいた従僕が声をかけると、彼は頷いた。

「ああ。頼む」

その言葉が合図となり、重厚な扉が左右に開かれた。

それまで大広間で奏でられていた演奏が止まり、ざわめきが波のように引いていった。

「ルドヴィク王弟殿下、並びにご婚約者のステラ様の御出座です!」

臣下の知らせの声に、本来ならば静観して待つところだが、その言葉の内容に会場内がどよめいた。

すぐにファンファーレが鳴り響き、人々の声をかき消すように宮廷音楽隊が別の曲を演奏し始める。

「は? なんの冗談だ?」

後ろでグエナエルが明らかに動揺するのがわかった。

「おい。説明しろ！」

なおも縋りつくような声を無視して、私はルドヴィクのエスコートのもと、ホールより一段高くなっている壇上に向かった。

「グエナエル王太子殿下、並びにご婚約者のカミーユ様の御出座です」

「行きましょう、グエン様」

甘ったるい声をかけ、ぎゅっと王太子に抱きつくように腕を絡めたカミーユが後ろからついてくる。

「国王陛下、並びに王妃殿下の御出座です！」

最後にこの国の統治者が呼ばれ、壇上にはラフォルカ王家とその婚約者二人が並ぶという図が出来上がった。

グエナエルが、ずっとチラチラと視線を投げてくるが、全部無視した。

「皆の者、今夜は我々のために集まってくれたことを大いに感謝する。先に紹介した通り、ここに二組の婚約が決まった。このような特別な夜を共に楽しみ、祝福を分かち合えることを嬉しく思う」

国王が朗々と述べる挨拶を、大広間にいた出席者たちは一言も漏らすまいと耳を傾けた。

「我がラフォルカ家は、王位継承権について殊更深く考え、独自の伝統を守り続けてきた。だが、新たな時代を生み出すため、この度、弟にも結婚の機会を設けた」

会場が再び戸惑いを含んだ空気でざわつく。

「わが弟ルドヴィク・ミシェル・ラフォルカの婚約者となる、ステラ嬢だ。それと我が息子グエナエル・バロー・ラフォルカとカミーユ・フルマンティ嬢の婚約が決定した」

さきほど出座を告げた臣下の文言が聞き間違いではなかったのだと、集まった貴族たちのどよめきが大きくなった。

グエナエルも、わけがわからないとでもいうように口をへの字に曲げ、父王の話を聞いていた。

「どうか、彼らの行く末を温かく見守ってほしいと思う。この舞踏会が我らにも集まってくれた皆の者にとっても、素晴らしい思い出となり、長く語り継がれるような夜になることを願う。自由に楽しんでくれ」

そう言って、国王は王妃の手を取って階段を降りていく。次はグエナエルたちが進み出た。

私もルドヴィクと共に、静かに大広間に降りた。すでに踊れるようにそこは広く場所を取られていた。

宮廷音楽隊が曲調を変え、明るいワルツを奏でる。

最初に踊るのは王族からと決まっていた。

「さあ、踊ろうか」

シャンデリアの明かりの下、優雅に私の腰を引き寄せたルドヴィクは、真っ直ぐに私を見つめてきた。

「はい……」

手を重ね、ゆっくりと足を出せば、優しく丁寧なリードのおかげで流れるようにステップを踏める。

グエナエルと踊った時はもっと雑で、転ばないか冷や冷やしながら、早く曲が終わらないかなと別のことを考えて過ごしていた。

だが、ルドヴィクは私が踊りやすいようにうまくリードしてくれて、まるで足に羽がついたみたいに軽やかにダンスを披露できた。

「もっと私に体を預けてもいい」

ルドヴィクにぐっと引き寄せられ、これ以上ないほど体が接近するものだから、私の鼓動は暴走しそうな勢いで激しく鳴り出す。

「殿下――」

「ファーストダンスを君と踊るのが夢だった」

頬を赤らめて困ったように見上げれば、またまた甘い言葉をかけてくるので、返答に詰まってしまった。

「私も、です」

答える声は小さくなってしまう。

「私の婚約者はとてもかわいらしい」

耳元でそう囁く声は艶やかなテノールで、思わずダンスのステップを忘れそうになってしまう。

それを華麗にカバーしながら、ルドヴィクは正しいステップラインに私を導いた。

「このまま、君を攫ってしまいたい」

耳朶から少しずれた彼の唇が、私の唇に触れそうになる。

（心臓止まりそう！）

完全に私はのぼせ上がっていた。顔は火がついたみたいに熱くて、きっと目も当てられないほど情けない表情をしているに違いない。

ルドヴィクは頬をすり寄せたまま、嬉しそうに微笑んだ。

周囲の様子を気にする余裕は私にはない。

そんな永遠に思えるような時間は、割れんばかりの拍手で終わった。いつの間にか演奏が終わって、別の曲に変わっている。

（う、嘘。もう終わってしまったの？）

それでも一曲踊っただけで、息が弾んでいる。胸の鼓動が激しく鳴りやまないのはダンスのせいだけではない。

「少し休もうか、顔が真っ赤だ」

ふっと柔らかく笑んだルドヴィクは、私の頬を指でなぞる。

（はわわわ……！）

なんだか、ますます積極的になっていませんか？

ルドヴィクと想いが通じ合ったのは嬉しい。けれど、いつになったら彼の甘い言葉と仕草に慣れるのだろう。

たぶん一生かかっても無理かもしれない。

私は苦笑しながら、彼の提案に頷いて隣の談話室に移動することにした。

ルドヴィクが持ってきてくれた冷たいシャンパンが喉を潤してくれ、ホッと人心地つく。

しかし、ダンスで体を動かすよりも、談話室で人々に囲まれて質問攻めにされる方が大変だった。

「どうしてステラ様なのですか？」

「ルドヴィク殿下は結婚しないと思っていたのに」

「これから何を目標に生きていけばいいのでしょうか」

だいたいが、王弟親衛隊に所属する者の言葉だった。一様に揃いの指輪をしているのですぐわかる。

「ステラ！」

その中から、嗅いだ覚えのあるどぎつい香水の匂いが鼻をかすめた。

「……」

私は黙って彼女を見つめた、もう『叔母』ではない人を。

「ねえ、あなたどういうことなの？　もう一度うちに戻ってきなさいよ。殿下もお連れになって領地にぜひ――」

「すでにボードリエ家とは縁が切れている。赤の他人だとステラをタウンハウスから追い出したのはそちらだろう」

隣に立つルドヴィクが、淡々とした口調で叔母を牽制した。

「あ、あの時はどうかしていたのですわ。やはりステラはボードリエ家で……」

「ステラ。頼む、我が家に戻ってきてくれ」

叔父も一緒になって説得にやってきた。

「おまえ達が欲しいのは我が王家の威光だろう？　ステラはもうボードリエ家とは無関係だ。今後、彼女にむやみに近づくことがあれば、不敬罪で捕縛することもできるのだぞ」

ルドヴィクの厳しい物言いに、叔父たちは真っ青になり、すごすごと去っていった。

「ありがとうございます、ルドヴィク殿下」

きっともう彼らに会うことはないだろう。

これでつらかった過去に、完全に別れを告げられる。

私はホッとしてもう一度グラスに口をつけた。

「ステラ様は平民になったのだったな」

「身分の低い者との結婚というのはどうなのだ？」

「王位争いには加わらないという意思なのでは？」

周囲の貴族たちが言葉を交(か)わし合っている。

たしかに、王族が平民と結婚(けっこん)するなど前代未聞(ぜんだいみもん)だ。

これではカミーユのことを何も言えない。自分は男爵(だんしゃく)令嬢以下なのだから。

「ステラ様、ルドヴィク殿下。素敵(すてき)なダンスでしたわぁ」

噂(うわさ)をすれば、王太子の婚約者のお出ましだ。

「ありがとうございます」

波風を立てるつもりはないので、そばのテーブルにグラスを置き愛想(あいそ)よく微笑しておく。

「ですが、グエン様と婚約解消したばかりなのに、もう他(ほか)の方と仲良くされるなんて、節操がないのではなくてぇ？」

カミーユはぽってりとした唇を尖(とが)らせた。

「それを、あなたが言うの？」

私は頬(ほお)を軽く引きつらせる。

「わたしたちは運命で結ばれているからいいんですのよぉ」

邪気のない笑顔で、カミーユは一歩ずつ近づいてきた。

「ああ、でも、ステラ様もよかったですわね。昔からルドヴィク殿下のことを好きだったのでしょう？」

カミーユはくすくすと笑い声を漏らす。

「……それは、どういう」

たしかにその指摘は間違ってはいないが、なぜそんな風に言うのだろう。表向きには国王が説明した通りだと思うのが普通ではないのか。

「これが証拠ですわぁ！」

ドレスのポケットに手を入れ、何かを出したかと思うと、それを一気に天井に向けてばらまいた。

ひらひらと大量に舞い落ちてくる白い紙に描かれた人物画。

「えっ！　これってもしかして、ルドヴィク殿下のデッサン!?」

白薔薇隊報を読んだ者なら、誰でも気がつくはずだ。ここには証人がわんさかいる。

「どうして、それを――」

私は、さあっと顔から血の気が引いていくのを覚えた。

秘密にしていたのに。

どうして、カミーユが持っているの？

誰にも見つからないように、クローゼットにしまっておいたのに。

「この方は、以前からルドヴィク殿下を盗み見て、こんなにたくさんの絵を描いていたんですわ！　王太子殿下という婚約者がいながら、こそこそと隠れて、他の殿方を。本当に根暗で、気持ち悪いと思いませんかぁ？」

カミーユは耳障りな声で高らかに笑い上げる。

――詰んだ。

私は色をなくした顔を両手で覆った。

「きっとご友人もおられないのでしょうねえ？　することがないからこんな描き散らしに没頭して。恥ずかしくて仕方ありませんわよねぇ」

カミーユの言葉が胸に突き刺さる。

そうだ。ルドヴィクのことを考えている時間だけが、心の支えだった。

でも王太子の婚約者として、ルドヴィクに憧れているなんて言えなかった。だから親衛隊に入ることもせず、ただ一心に彼の絵を描くようになったのに。

エレンヌに上手と言われて、親衛隊の人たちから絵の複製を売ってほしいと言われて、私は思い上がっていたのかもしれない。

一人の男性の絵だけを描き続けるなんて、正気じゃないわよね。

陰気で気味が悪いと思われても仕方ない。

ルドヴィクだって幻滅したに決まっている。

――だから、内緒にしていたのに。

目の奥から熱いものが溢れてくる。

「浮気されたグエン様がおかわいそう。皆さんだって……」

カミーユは、周囲に聞こえるように一拍おいた。

しん……とその場が静まり返る。隣の大広間から聞こえてくる優雅な音楽は、この場の空気にそぐわない。

「同じ思いで――」

「あなたが神絵師だったのね！」

同意を求めたかったらしいカミーユの声を遮って、突然、一人の女性の声が響いた。

あまりにも大きな声だったので、糾弾されたのだと思って私は咄嗟に肩をすくめる。

「ご本人にお会いできる日が来るなんて嬉しい！」

「貴重なラフ画もあるわ！」

「隊報に載っていないアングルも！」

「大事な原画を一枚残らず集めて！」

談話室がわっと黄色い声で溢れて、令嬢や夫人、それに交じって若い令息までもが私めがけて押し寄せてきた。

「え？」

目に涙を湛えたまま、私は手を離して顔を上げた。

四方八方から人々が迫ってきて軽い恐怖を覚えたが、ルドヴィクにぎゅっと肩を抱かれて、一気にそれは薄らぐ。

「そこ、どいてっ」

「きゃんっ」

デッサンを手にした令嬢の一人に突き飛ばされ、床に尻もちをついたカミーユは子犬のような悲鳴を上げた。

「ステラ様！　私、あなたのファンなんです！」

「まあ、抜けがけはずるいわ。ステラ様、こちら拾ってまいりました。ご査収ください！」

「どんな素敵な方が描いているのか、隊員の間でもちきりだったのですよ」

「今度、複製原画にサインをいただけませんか？」

「先日投稿された眼鏡姿のデッサン、至高の領域でした！」

てんやわんやの騒ぎになり、大広間の方からも、こちらを気にする人々の視線が感じられる。

「き、気持ち悪いと思わないんですか……？」

声を震わせ尋ねると、全員が迷うことなく即座に大きく首を横に振った。

「とんでもない！　これからもルドヴィク殿下の麗しいデッサンを心待ちにしておりますね」

「あ……りがとうございます」

私は唖然としたまま、それぞれが拾ってくれたデッサンを一枚ずつ受け取る。

「なっ……なんなんですのぉー！　そんなのただの落書きでしょう？」

輪に弾かれて床に座り込んだまま、きぃっとカミーユが喚いた。

「この素晴らしい絵の価値がわからないの？」

集まっていた人々の目がギラリと光り、一斉にカミーユを睨みつける。

「どう見たって愛と憧れと尊敬の念が伝わってきますわよ」

「俺は王宮の登用試験で、ポケットに忍ばせていったら無事に合格できた」

「甘い物を我慢できるように壁に貼っていたら、理想の体型に近づけたわ」

「つらい時もこれを眺めていると、自然と笑顔になれるの」

「私なんて高熱で生死の境をさまよっていた時に、この絵を枕元に置いて励まされて奇跡的に生還できたのよ」

みんな口々にデッサンの複製の効果について熱弁を振るうので、カミーユが目を回した。

「ステラ様を傷つけることがあれば、王弟親衛隊ならびに神絵師応援団の私たちが相手になりますわ！」

ずらりと顔を並べた中には、公爵や辺境伯など大きな力を持つ家の令嬢や令息もいた。

「親衛……応援……？　い、意味がわからないですわぁ……」

顔にかかった乱れた黒髪をかき上げて、カミーユは片頬を吊り上げる。

「カミーユ・フルマンティ」

ステラのそばをゆっくり離れたルドヴィクが、真っ直ぐにカミーユのもとへ歩いていく。示し合わせたように、さぁっと人の波が左右に音もなく割れた。

「君は、これをどこで手に入れた？　ステラが自ら渡したわけではないことは明白だが」

彼女を見下ろすサファイヤの瞳は、今までに見たことがないほど万年氷のように冷え切っていた。

「離宮の前で、拾ったんですわぁ」

カミーユはへらっと口角を緩ませた。

「嘘です！」

談話室の壁際から女性の声が上がった。

「ステラ様がご不在の時に入室を許してしまいました。お茶を用意している間にいなくなったので特に用事がないのかと思い、ご報告を怠りました。絶対にその時です！　申し訳ありません！」

深く頭を下げた侍女が肩を震わせ、隣にいたエレンヌが彼女の背中をさすりながら慰めている。

「つまり、誰もいないのをいいことに部屋中を探り、私室へ入り込んで盗み出したというわけか？」

「もうステラ様の手に戻ったのですから、いいことにしません？」

カミーユは両掌を合わせて、にこりと笑い、首を傾けた。

「不法侵入、窃盗だけではない。ステラに対する誹謗中傷の言葉は侮辱罪に当たる。いや彼女はすでに王族の関係者なのだ、不敬罪でもかまわないな」

「まあ、そんな怖いお顔をなさらないでくださいませ。新聞記者の時みたいに許してくださるのでしょう？」

カミーユが黒目がちな瞳を細めた。

新聞記者？

私は眉をひそめた。

「グエナエルとステラの婚約解消について、虚偽の情報を流すように金を渡して取引したものか。あれは許したのではない。王太子の婚約者になるということで更生の機会を与えただけだ」

ルドヴィクがため息をつく。

（あ。訂正記事――）

私は息を呑んだ。

新聞記者が過ちに気づいて謝罪したのだと思ったけれど、ルドヴィクが真実を伝えるように話をつけたのか。

本当に、いつも私のことを助けてくれる。

嬉しくて泣きそうになりながら、手袋の上から左手の薬指を反対の手で撫でた。

永遠に続く愛の証――。

「だが、それも無駄だったようだ。先の罪に賄賂罪も付け加え、国外追放を命じる。二度と我が国の地に足を踏み入れてはならない！」

「わ、わたしは次期王妃になるのです。いくらルドヴィク殿下だって、わたしを裁けるわけがありませんわ」

ふふんと、カミーユは自信たっぷりに笑う。

周囲の人間がそれを聞いて失笑した。

「では、『次期国王』の意見も聞いてみようか？」

ルドヴィクは、厳しい視線をカミーユの後方へと向ける。

「え？」

彼女は床に手をついて振り向き、談話室の入り口に立ち尽くしていたグエナエルの姿を捉えた。

「グエン様！　わたし、何も悪くありませんわよねぇ？」

カミーユはきゅるんと瞳を潤ませ、婚約者を見上げた。

「何をやっているんだ、おまえは！」

グエナエルはわなわなと拳を震わせ、頭ごなしに怒鳴りつける。

「何って……ステラ様の秘密を暴露してさしあげたのですわぁ。恥をかいたらもう人前には出てこられないでしょう？　早く王宮から出ていってほしくて、わたし一人で頑張ったんですのよ。褒めてくださらないのぉ？」

なぜ彼が怒っているのかわからないようで、カミーユは困ったように眉を寄せた。

「……恥をかいたのが誰なのか、わからないのか？」

グエナエルは声を低め、鼻の頭に深いしわを刻む。

「ステラ様です。泣きだすところを見ていたでしょう？」

カミーユは満面の笑みを浮かべた。

「はあ……もういい。馬鹿な女との婚約は取りやめだ！」

グエナエルはぐしゃぐしゃと自身の髪をかきむしると、踵を返して談話室を出、大広間からも出ていってしまった。

「グエン様!?　どうして？　全部あなたのためにしたことなのにぃ！」

伸ばす手を取る者は誰一人としていない。

「連れていけ」

ルドヴィクが近くにいた衛兵に命じると、呆然としているカミーユは談話室から引きずられるように連れ出されていった。

「ステラ。不愉快な思いをさせてすまない」

輪の中に戻ってきたルドヴィクはそう言って、目元の涙を指で掬ってくれた。

「い、いえ……もとはと言えば、私が殿下の絵を密かに描いていたせいで――」

私はそこで言葉を切った。

――この世のすべての責任を背負い込むような必要はない。

ルドヴィクの言葉を思い出して胸が熱くなる。もうなんでも自分を否定する必要はないのだ。

「そう、君は一切悪くない。もっと早くあの娘に罰を与えるべきだった。今回のことは私の責任だ、申し訳ない」

壊れ物を扱うように優しく抱きしめられ、私は彼の胸に頬を押しつける。耳に響くのは彼の温かい鼓動の音。

「でも一人で何枚も殿下の絵ばかり描いて、私のこと悪趣味だと思いませんでしたか？」

ぎゅっと彼の上着を掴む手に力が入る。カミーユみたいに突き放されたくない。

「私の絵を描く人がどんな人なのか興味があった。きっと誠実で、芯の通った人物で、優しいステラと気が合いそうだと思っていたのだ。まさか本人だったとは」

ふっと穏やかに笑んで、頭を撫でられる。

子どもじゃないのに――。

でも、この手にずっと励まされて、守られて十年間を過ごしてきたのだ。

「これからは何時間でもモデルになってあげよう。気が済むまでそのエメラルドの瞳に私を映してほしい」

ルドヴィクの言葉に、周囲からは悲鳴に似た歓声が沸き起こる。

「な、な、何時間もだなんて……無理です」

せっかく元に戻った体温が、恥ずかしさでまた上昇した。

「それは残念だ。私は、そばにいてずっと君を見つめていたいのに」

顎を指で掬われて、否が応でもルドヴィクの端整な面立ちが目に飛び込んでくる。

周りに人がいることをお忘れではありませんか？

彼の気持ちが偽りでないことを知ったからこそ、その言葉が今まで以上に真っ直ぐ心に飛び込んできて、嬉しさでどうにかなってしまいそうだ。

「わ……、あ……っ」

もう言葉にならなくてあわあわしていると、ルドヴィクは嬉しそうに笑みを零した。

もしかして、私が照れるのをわかっていて、わざとやっていません!?

周囲が歓声を上げ、祝福の言葉が洪水のように押し寄せてくる。

国王が挨拶で述べた通り、今夜の舞踏会のことは今後も長く語り継がれていくことになる。

それはまだこれからの話——。

# 第六章 ― 雨上がりの誓い

ひと騒動あったものの、その後は滞りなく王家主催の舞踏会は幕を閉じた。

「正式に婚約が認められたのだ。明日からは離宮ではなく、本宮殿の方に部屋を用意させよう」

人々の喧騒から遠ざかり離宮へ戻る途中、ルドヴィクがそう言ってきた。

「明日ですか？　今のままでも特に不自由はありませんよ」

彼の隣に並びながら、渡り通路を進んでいく。この奥にある薔薇園を抜ければ離宮に到着する。

「これは私のわがままだが、少しでも近くに君の存在を感じていたいのだ。許されるなら、今夜だって帰したくない」

甘く蕩けそうな言葉に動揺して、ドレスの裾を踏んづけてしまいそうになる。

「お、大人が、わがままを言ってはいけませんよ」

「君の前では一人の男だということを忘れないでくれ。年齢など関係ない」

そういえば、さきほどから歩みを緩めているのは、着飾った私に配慮しているからかと思っていたが、帰すのが名残惜しいということなのだろうか。

(私だって離れたくありません)

でも、もしそうなったら緊張しすぎて、口から魂が抜けていきそうで怖い。

部屋に二人きりで見つめ合っているシーンを想像しかけて、ぶるぶると頭を左右に振った。

(どうしよう。こんな状態で結婚なんてできるのかしら)

自分の恋愛耐性のなさにがっかりする。

「だが、一番大切なのは君の気持ちだ。無理はしなくていい」

私の心を読んだかのように微笑まれて、その優しさを噛みしめながら小さく頷く。

春の夜風が、じんわりと火照った頬に心地いい。

もうすぐ渡り通路が終わり、薔薇園の入り口に辿り着くというところで、ルドヴィクが足を止めた。

「どうされ――」

顔を上げて尋ねようとした時、前方の柱の陰から人のシルエットがゆらりと出てきて、私はぎくりとする。

「舞踏会は楽しかったですか、叔父上？」

「こんな所で何をしている、グエナエル」

「ステラが戻ってくるのを待っていたんですよ」

元婚約者は唇の片端を吊り上げた。

酒でも回っているのか、妙に据わった目つきが不気味で、私はルドヴィクの上着の袖をぎゅっと掴む。

「なぜ？」

ルドヴィクが、さりげなく私を庇いながら半歩前に出た。

「ステラと復縁しようと思いまして」

その台詞の持つ意味を考えたが、一つしか思いつかない。

いまさら元鞘に収まると思っているの？

私はあきれて返す言葉が見つからなかった。

「叔父上も、茶番はもうやめにしませんか？」

「茶番？」

「ステラと婚約したのは、俺に発破をかけるつもりだったと父上から伺いましたよ。つまり、彼女に気を持たせるようなことはもうしなくていい、ということです」

グエナエルの言葉に、私は少なからず瞳が揺れた。

「俺は心を入れ替えます。だからステラを返してください」

「自分から婚約破棄をしておいて、勝手な言い草だな」

　ルドヴィクは軽蔑するように目を眇めた。

「失ってはじめてわかるもの、というんですか？　歳が離れすぎて叔父上の手には余るでしょうし」

　グエナエルはふんと鼻で笑った。

私は右手を震わせながら、グエナエルを睨みつけた。

「悪いが、ステラとの婚約を撤回するつもりは毛頭ない。心を入れ替えるというなら、他のことで示せ」

　ルドヴィクは、にべもなく甥の提案を撥ねのけた。

「叔父上こそ、他にいくらでも女はいるではないですか。どうしてそこまでステラにこだわるのですか？」

「大切に想っているからだ。彼女以上に愛すべき存在はどこにもいない」

「ははっ、いい歳をした人が。冗談でしょう？」

　グエナエルはおかしそうに腹を抱えて笑いだす。

「……だったら、ステラを賭けて勝負しませんか？」

「承服しかねる。彼女を物扱いするな」

「今度、ルニーネ杯があるでしょう？　そこで先にゴールした方がステラと結婚できる……どうですか？」

グエナエルはこちらの意見を無視して話を進める。

ルニーネ杯というのは、昔からこの国にある四大馬術大会の一つだ。速さだけでなく、障害物の多い林の中を駆け抜ける技術なども必要とされる高度なもので、優勝者は褒賞金と国王からの賜杯が受けられるというものだ。

「簡単でしょう？　それとも自信がないですか？　体力的には俺の方が圧倒的に有利ですもんね」

グエナエルはドヤっと胸を張る。

自分に有利だとわかっていながら勝負を持ち掛ける時点で、十分不公平でモラルに欠ける行為だ。

「そんなの卑怯です！」

強い口調で私が言い返すと、グエナエルは肩をすくめた。

「叔父上にちょっと優しくされたぐらいでコロッといくなんて、ステラも案外頭が悪かったんだな。ま、少しくらい馬鹿な方が付き合いやすくていい」

それを聞いて、体に流れる血が沸騰しそうなほど頭にきた。

「それ以上、ステラを侮辱するな。おまえの言う勝負、受けてやろうではないか」

「ルドヴィク殿下!?」

まさか話に乗ると思っていなかった私は目を丸くして、彼の顔を見上げる。

「さすが叔父上。そうこなくては」

「だが、条件が一つある。もし私が勝ったなら、将来の為に心を改め、これまでの行動を反省するのだ」

「はいはい。もし勝ったら、なんでもいたしますよ」

自信にあふれた表情でグエナエルは目を細めた。

「では、その時までに愛馬のご機嫌でも取っておくことですね」

肩を揺らして笑いながら、グエナエルは本宮殿の方へ歩いていった。

「ルドヴィク殿下……」

私の心配する視線に気づいて、彼が微笑む。

「大丈夫。負けたりしないよ」

「そ、そんなの……わからないじゃないですか。どうしてグエナエル殿下の挑発に乗ったりしたのですか?」

そう、グエナエルはどうせ難癖をつけに来ただけだろう。無視してもよかったはずだ。

それなのに、もう一度チャンスをあげてどうするの?

「ステラ。私を信じてほしい」

「みんなの前で正式に決まったことなのに、わざわざ勝負する必要がありますか?」

言い出す方も言い出す方だが、簡単に話を受ける方もどうなのだろう。グエナエルはどうやらかなり自信があるようだった。剣術の稽古はさっぱりだと騎士団長が嘆いていたのは聞いたことがあるが、馬術の方はどうだったろうか。私も妃教育の一環として馬に乗るだけでなく、ある程度は馬を自分に従えて乗りこなす訓練は受けた。その時にグエナエルの姿はなかった。

ルドヴィクも、宰相になってからはもっぱら執務室にこもりきりのような気がする。

本当に大丈夫なの？

彼の言葉を信じたいけれど、勝負を受けるなんてあまりにも軽率で、ルドヴィクらしくない。普段の彼なら冷静に受け流しているはずなのに。

「これで勝負がつけばグエナエルもきっぱり諦めるだろう」

「ですから……それは……！」

つい、声が大きくなってしまった。

グエナエルもだけれど、その自信はどこから来るのかと聞いてみたい。王族くらいになると揺るぎない自信が標準装備なのかしら？

いろいろと不安になっている私は置いてきぼりにされているみたいで、なんだか胸の辺りがモヤモヤする。

「勝負なんて……しないでください」

私は下唇を軽く噛んだ。

「何も心配しなくていい、ステラ」

そう言ってルドヴィクは私の頭をそっと撫（な）でてくれる。

「ど……どうしてわかってくれないんですか？　甘えていいって言ったのに……！」

私のわがままはやっぱり聞いてくれないのだろうか。それとも、私の主張が子どもっぽいだけ？

「ステラ。そういうわけでは――」

「もういいです。今夜はここで大丈夫ですっ」

私はルドヴィクの手を払（はら）うと、そのまま薔薇（ばら）園の方へ駆け出す。月明かりが足元を照らしてくれたおかげで、私はつまずくことなく離宮（りきゅう）まで辿（たど）り着くことができた。


「浮（う）かない顔をなさって。何かあったのですか？」

出迎（でむか）えてくれたエレンヌが、寝室（しんしつ）に同行して着替（きが）えを手伝いながら声をかけてくる。

「実はグエナエル殿下が――」

私はさきほどのやりとりを話して聞かせた。

「なんて度量の狭（せま）い男なのでしょう！」

話をすべて聞き終えた彼女は眉（まゆ）を吊り上げ、むぅっと頬（ほお）を膨（ふく）らませる。

「せっかく、非常識極まりない令嬢（れいじょう）が退場したと思ったら……！」

「ルドヴィク殿下もひどいわ。もし負けたらとか考えないのかしら？」

　私は肩を落とした。

「それで喧嘩して、お一人でお戻りになったんですね？」

　エレンヌが苦笑いを浮かべながら、私の髪飾りなどをはずして丁寧に引き出しにしまう。

「け、喧嘩というか……私が一方的に怒って……？　はあ、また子どもっぽいことしちゃった」

「宰相様は大人ですから、無理だとわかれば勝負するなんて言わなかったと思いますよ。何か勝算があるのでは？」

　エレンヌは明るく言うが、それがわかれば不安にはならない。だがルドヴィクは大丈夫の一点張りで、それが心配なのだ。

「ルニーネ杯は来週なのよ。ルドヴィク殿下が馬に乗れないわけはないと思うけれど。ずっと王宮で文官として働いてきた人が、いきなり障害物のある馬術大会なんてできるの？それに怪我でもしたら……」

　彼が痛い思いをするかもしれないと考えただけで顔が曇る。

　はあ。大きなため息しか出ない。

「せっかくご婚約を発表なさった夜に、お嬢様にため息をつかせるなんて」

　エレンヌは鼻息を荒くしながらドレスを片付けると、その動きを止めた。

「どうしたの？」

私は首をかしげる。

「馬術大会となると、宰相様もお着替えなさいますわね？」

「……乗馬服をお召しになる？」

ぴしりと引き締まった無駄のないデザインの乗馬コート、脚のラインが綺麗に見える細身のパンツに長い脚をさらに引き立てるブーツ。それらをルドヴィクが身に着けるのだ。

「ああ～！　心配なのに、そんな麗しい姿を一目拝みたい。そんな二つの心がある～！」

私は、編み込みを解きかけたぼさぼさの頭を抱えて叫んだ。

「うふふ。いつものお元気が出て、ようございました。それでこそステラお嬢様です」

エレンヌはにっこりと笑いながらも、てきぱきと夜の支度を進めていく。

「宰相様を信じるしかありませんわ」

「信じたい……けど……」

彼は約束を守ってくれる人だと頭ではわかっているはずなのに、心は晴れない。

薬指に光るサファイヤを撫でながら、祈るように両手をぎゅっと握り合わせた。

それからルドヴィクとまともに顔を合わせる機会もなく、ルニーネ杯の日はあっという間にやってきた。

　王都から少し外れた広い草原が馬術大会の会場になっている。

　最初の直線コースではスピードが重視されるので馬の能力によるところが大きいが、林の中の障害コースは騎手と馬の信頼関係が重要で、息を合わせないとスムーズに進めないという。

　倒木を飛び越えたり、でこぼこ道をすんなり回避したり、手綱を操る正確な技術が求められる。林の中を一周してから再び同じ直線を通って、スタート地点がゴールとなる。

　名誉を得るために、騎士団の者や馬術に自信のある貴族も数人参加していた。

　開けた場所には天幕が張られている。国王夫妻がレースの行方を見届け、優勝者に黄金杯を渡すことになっていた。

　そのそばに、出場する者たちの関係者が、それぞれ支柱に天幕を張り、強い日差しを避けている。

「お天気になってよかったですわね」

　エレンヌが青空を見上げて、降り注ぐ陽光に目を細めた。

「ええ。そうね」

　そう返答しながらも私は落ち着かない。用意された椅子に腰かけ、目の前を通り過ぎる人々をきょろきょろと見ていた。

「おなか痛くなりそう」

緊張してはいけないと思いながらも、鼓動は逸る。

「優勝にはこだわらなくて、あくまでも二人のどちらが先にゴールするかを競うだけだから、無茶はしないと思うんだけど……」

観客席にもたくさんの人々が集まってきている。彼らの目当てはルドヴィクだ。彼が出場するという話は瞬時に王弟親衛隊に広まり、おかげで馬術会場は入場制限を設けなくてはならなかったようだ。

普段と雰囲気の違うことを敏感に感じ取っている馬の嘶きや、人々が談笑する声などがこちらの天幕まで聞こえてくる。

「まだレースはこれからですわよ。せっかくおめかししたのですから、目線を上げてくださいませ」

エレンヌが苦笑いして自分の口角に指を添え、笑顔を作るジェスチャーをしてみせる。

「う、うん……」

淡いすみれ色のドレスは、純白のレースとフリルをふんだんに使ったかわいらしいデザインで、揃いの帽子には白薔薇のコサージュがリボンと一緒に飾られている。

軽い素材で作られていて着心地もよく、長時間の外出にも向いているようだ。首元には共布のチョーカーが巻かれ、チュールのリボンがついていた。

その時、会場がざわついたので、私はどきりとしてそちらの方を向いたが、歩いてくる人物を見てジト目になる。

「ああ、ステラ。俺の勝利する姿を特等席で見られることに感謝しろ」

乗馬服を着たグエナエルが、ニヤニヤと笑いながら天幕の前で足を止めた。

「まだ、あなたが勝つと決まったわけではありません」

私は扇子をぱらりと開いて表情を隠す。妃教育で習得した偽りの微笑である。

「おまえが俺の妃になると言うなら、勝負は取りやめにしてもいいのだぞ。叔父上に恥をかかせたくないだろう？」

そんなことをわざわざ言うために来るとは性格が悪い。

まったく心を入れ替えていないじゃないの！

「恥をかくのはグエナエル殿下かもしれませんわ」

意味ありげに目線を逸らしてみせれば、彼はムッとしたように鼻の頭にしわを寄せる。

「一度婚約破棄したぐらいで拗ねているのか？　子どもだな」

ははっと笑い飛ばし、突然私の手首を摑む。

「さっさと俺の妃になれよ」

「は……なして！」

私は、無理やり立ち上がらせようとするグエナエルを睨みつけた。

「グエナエル！」

その時、横からさっと大きな手が伸びてきて、グエナエルの手首を力強く握りしめた。黄色い歓声が私の後方の席から聞こえてくる。

「いてて……っ」

顔をゆがめたグエナエルは慌てて私から手を離し、制止したその手を振り払う。

「ルドヴィク殿下！」

私は複雑な思いで、グエナエルを引きはがしてくれた彼の姿を見た。会うのはあの夜以来だったから、なんとなく気まずい。だが、彼の姿を映した私の瞳には、星やらハートやら、やたらキラキラしたものが浮かんだのも否めない。

「ステラは私の婚約者だ。許可もなく触れるな」

金のボタンがついた漆黒のジャケットに、純白のアスコットタイが品を添えていた。白のジョッパーズを穿いた長い脚には、磨かれた乗馬ブーツを装着している。

上着と揃えた黒のシルクハットが、蕩けるような金髪によく映えた。

——神様。溺れるほどの萌えをありがとうございます！

日差しの角度も相まって、ルドヴィクの頭上から天使が舞い降りてきそうである。

「ステラはもともと俺の妃になる女ですよ？」

「今は私と結婚することが決まっている」

バチバチに睨み合う二人の構図をどこかで見た気がするのだけれど、あれは夢だったか

な？

「それをお決めになるために、いらしたのではないのでしょうか？」

二人の間に、冷静に声をかけたのはエレンヌだった。

「ステラお嬢様をあまり困らせないでくださいませ」

恭しく頭を下げるエレンヌに、男性二人はふっと肩の力を抜いた。

「ふん。侍女のくせに生意気な。気が削がれてしまった」

そう言ってグエナエルは踵を返していった。

「ステラ。少しばかり甥のわがままに付き合ってくる。ここで帰りを待っていてほしい」

やはり、勝負をするというルドヴィクの考えは変わらないのだ。

私の願いをなんでも叶えてくれると言いましたよね？

口にすれば彼を咎めてしまいそうで、口元を引き結んだまま顔を逸らす。

「愛する君の下へ、必ずあいつよりも早く帰ってくる」

かわいげのない態度にあきれる様子もなく、すっと跪いたルドヴィクは私の左手を取って、手袋越しに口づけるものだから、私は目を丸くした。

こちらは怒っているのに、そんな甘い仕草は反則です！

（ぴ！）

なんとか悲鳴を上げるのを堪えると、エレンヌがよしよしと頷く。

「どうぞいってらっしゃいませ」

恥ずかしさで震えた言葉は、ややつっけんどんになってしまった。本当はにこやかに送り出すべきなのに、もう引っ込みがつかない。

私が頑なにそっぽを向いたままなのに、ルドヴィクは文句も言わずにするりと手を離し、他の出場者たちが集まる方へと歩いていってしまった。その背中が恋しくて、縋りつきたくなって胸がきゅっと痛くなる。

ルドヴィクはどうしてそんなに落ち着いていられるのだろう、勝負に自信があるから？

私はこんなにも不安でいっぱいなのに。それをわかってほしいだけなのに。

無意識に詰めていた息を深く吐き出す。

「皆さんには会話は聞こえていないようですわね」

苦笑して観客席の方を眺めているエレンヌにつられてそちらを見れば、一様に両手で顔を覆って肩を震わせていた。

「推しと推しの尊い瞬間を目撃してしまいました……」

「素晴らしい瞬間に立ち会えて感無量です……」

女性たちは静かに興奮を抑えているらしい。その中には王弟親衛隊を設立したフランソワ侯爵夫人の姿もある。

応援投票でもしたら、圧倒的にルドヴィクに軍配が上がるにちがいない。

しなくてもいい勝負なんてなければ、私も純粋にルドヴィクを応援したかった。

「では、そろそろお時間になります」

進行役の貴人が声を上げると、出場する男性陣はシルクハットから狩猟帽になり、身だしなみを整えてから自分たちの馬に跨った。

「あれが宰相様の馬ですか。美しい白馬ですねえ」

鬣までも雪のように白く、神々しい。

一方グエナエルの騎乗している馬は青鹿毛で、長い尾をせわしなく振っている。

「……無事に戻ってきますように」

怪我にだけは気をつけてほしい。そう言えばよかったなと後悔しながら両手をぎゅっと胸の前で組み、祈りを込めた。

「では、はじめ！」

スタートを知らせる鐘の音と共に、騎手と馬たちが一斉に林をめがけて駆け出した。

この時点ではほぼ差はないように見える。問題は林の中のコースだが、ここからでは遠すぎてまったく見えない。

「大丈夫ですよ」

こわばる私の背中をさすりながらエレンヌは微笑んだ。

「……ええ。殿下を信じているわ」

祈りが天に届きますように――。

そして戻ってきたら、勝負なんて必要なかったのだとルドヴィクに言って聞かせてやりたい。

どれくらい待っただろうか。やがて先頭の馬の姿が見えてきて歓声が上がる。どうやら騎士団の若き副団長のようだ。彼がそのままトップでゴールし、続いて他の男性陣も戻ってくる。拍手喝采が起こっていた。

「ルドヴィク殿下は……？」

私は眉を八の字に寄せ、立ち上がってゴール付近へ足を向けていた。

「宰相閣下でしたら――」

その中の一人が口を開きかけた時、観客席からわっと歓声が上がる。

林の方角へ視線を飛ばせば、光を弾くような真っ白な馬がこちらに向かって駆けてくるところだった。

「殿下……！」

私は目を輝かせた――が、何か違和感を覚えて伸ばしかけた手をひっこめる。

「どうして……グエナエル殿下が、ルドヴィク殿下の馬に跨っているの⁉」

金色の髪を風になびかせながらゴールしたのは、涼しい顔をした王太子だった。

「俺の勝ちだな」

ドヤっと勝ち誇った笑みを浮かべたグエナエルは、馬から下りてこちらへやってくる。

ルドヴィク殿下はどうなさったの――？

まさか何か事故でも起こったのだろうか。

どくんと心臓が嫌な音を立て、背中を冷たいものが流れる。

「グエナエル殿下。足はもうよろしいのですか？」

レースに参加していた貴族の一人が彼に声をかけてきた。

「ああ。問題ない」

素知らぬ顔で答えたグエナエルは、私の目の前で歩みを止める。

「足とはなんのことですか？　ルドヴィク殿下はどうなされたのです⁉」

「騒ぐようなことじゃない。そのうち戻ってくるだろう」

グエナエルは肩をすくめてみせた。

「何があったのですか？」

私は事情を知っていそうな貴族に言葉をかけた。

「宰相閣下は私の前を走っておりました。グエナエル殿下はもう少し後ろにいらして……」

彼は帽子を取って、グエナエルの顔を窺いながら話し出す。その手にはもう一つの狩猟帽があった。

参加者の話によれば、途中まではルドヴィクが先行していたことになる。

「ですが、グエナエル殿下の馬が窪みに嵌まったはずみで、殿下が落馬なされたのです。幸い柔らかい草の上でしたので、頭などは打っていないようでしたが……」

　落馬してもこれだけピンピンしているとは、悪運だけは強いようだ。

「それで、私も閣下も引き返して、グエナエル殿下をお助けしたのです。その際、殿下が足をねん挫して歩くことができないとおっしゃったので、閣下がご自分の馬に殿下をお乗せになって、手綱を引いて歩いていくから先に行くようにと。それで私は先に戻って参ったのですが」

　ルドヴィク自身が怪我をしたわけではないのだ。彼の手にあるのはもうレースから降りたルドヴィクの狩猟帽なのだろう。

　彼の話を聞いてホッと胸をなでおろした。

「だけど……ルドヴィク殿下は？　どうしてあなただけが戻ってきたの？」

　私は再びグエナエルをねめつける。

「足が痛いというのは嘘だ。そうして叔父上を油断させて手綱を奪い、俺が先に戻ってきて勝利というわけだ」

「はあ？」

　開いた口が塞がらないとはまさにこのことだ。

「そんなのただのインチキです！」

「ふっ、『策』と言ってほしいな。俺はわざと落馬してみせたんだ。それで叔父上を馬から下ろし、油断させて手綱を奪う。余裕で俺の勝ちだ。勝負するなら、ここを使わないとな」

グエナエルが人差し指で自分の頭を指さす。

「信じられない……」

私は俯いて、ぶるぶると震える右手を左手で押さえ込む。

「何か言ったか？」

グエナエルがニヤニヤと緩んだ顔を寄せてくる。

ぷつん、と私の中で何かが切れる音がした。

「ばっかじゃないの!?」

バチーンと派手な音が青空の下に響き渡り、周囲が一気に静まりかえる。

右手の掌がじんじんと痺れて熱かったが、そんなことはどうでもよかった。

いきなり衝撃が襲ってくるとは思っていなかったのか、グエナエルがバランスを崩してお尻から草の上に倒れ込む。

「正々堂々と勝負しなさいよ！　自分から提案したくせに、ひとの優しさにつけ込んで、だまし討ちするなんて情けないと思わないの？」

怒鳴りつけると、グエナエルはみるみる赤く腫れあがってくる頬を手で押さえながら、呆気にとられた顔で私を見上げていた。

「自分勝手に生きるのもいい加減にして。大迷惑なの！　あなたの妃になるなんて死んでも嫌なんだから！」

ありったけの声を振り絞り、私は呼吸を荒くしながら肩を上下させた。

「ステラ……」

グエナエルは弱々しく私の名前を呼ぶ。

公の場で他者に叩かれるというのは、たいへんな不名誉らしい、というのは後から知った話。

風が吹き抜けて、一瞬だけ沈黙が落ちた。

「あの……一つよろしいでしょうか？」

おずおずと発言したのは進行役の男だ。

「レースの規定では、一度でも落馬すれば失格となります。つまり、グエナエル殿下が先に落馬したのであれば、その時点で負け、ということになりますよ」

男の顔を振り仰いだグエナエルの表情が、みるみる歪んでいく。

「は？　いや……それは、だが……」

グエナエルは混乱しているのか、うまく言葉が出てこないようだった。どうやら、先に着いた方が勝ちという思考に囚われ、規定のことはすっかり頭から抜けていたらしい。

「グエナエル殿下」

ワントーン高い声で彼の名を呼び、にっこりと満面の笑みを浮かべる。もう偽りの微笑を向ける必要なんてない。

「『ここ』をもっと使うべきでしたね？」

私は、自分の頭を指さしてみせた。

「う……く……考え直してくれ。もう一度だけ――」

グエナエルがこちらに手を伸ばし、ドレスの裾を掴む。

「さんざんないがしろにしてきたのは殿下ではありませんか。少し頭を冷やした方がいいと思います」

私はドレスの裾を思い切り引っ張り、彼の手を引き離した。

グエナエルはまだ何か言いたそうにしていたが、鼻の頭に深いしわを刻んで立ち上がると天幕の方へ戻っていった。

「とても素敵でしたわ、ステラお嬢様。あとは宰相様のお帰りを待つばかりですね！」

エレンヌが小さく拍手をしながら満面の笑みを浮かべる。

「そうね」

ひっぱたいた手がじんじんと痛いけれど、その何倍もスカッとした。これまでの十年分、とまではいかないけれど、少しは過去の自分の涙を吹き飛ばせたかしら。

ルドヴィクが戻ってきたら、子どもっぽく拗ねてしまったことを謝ろう。彼にも、もうこんな不毛な勝負を受けないと約束してもらって、今回のことは終わりにする。せっかく婚約者になれたのに、気まずいままなのは嫌だ。

けれど、いつまで経ってもルドヴィクは会場に姿を見せなかった。

あんなに晴れていた空を灰色の雲が覆いはじめ、ひやりと肌を震わせる風が吹いてきて、ぽつりと冷たいものが頬にあたる。

ルドヴィク以外の参加者が全員ゴールした頃、雨に濡れたくない観客たちは少しずつ会場を離れていった。

「……遅すぎない？」

いくら歩いてくるとしても、とっくに林の中から姿を見せてもいいはずなのに。

まさか、怪我をしたわけではないわよね？

胸元をぎゅっと押さえ、逸る鼓動を落ち着かせようとしたが、無駄だった。嫌な想像が脳裏を掠めてしまい、握った手が震える。

「きっともうすぐ戻ってこられますよ」

励ましてくれるエレンヌの声も不安そうだ。

さらに黒い雲が遠くに見え、遠雷の稲光が不気味に空を走る。それに気づいた者たちは慌ててその場を離れていった。ここは広い草原なので雨を遮るものがない。

「ここにいたら濡れてしまいます。せめて天幕に戻りましょう」

エレンヌに促されて天幕の方へ行くと、騎士団や残っている参加者が何人か馬に騎乗し始めるところだった。

「皆さんはどちらに？」

私はその中にいた騎士団長に声をかける。

「ルドヴィク殿下を捜しに行ってまいります。ステラ様たちは陛下とともに王宮へお戻りください」

そう言って騎士団長は馬の手綱を引く。

「……私も一緒につれていってください！」

私は縋りつくように、馬上の騎士団長を見上げた。

「いけません、ステラ様。もう、こんなに空が真っ暗です」

「そうです、危ないですよ」

エレンヌが心配そうに私の顔を覗き込んでくる。

「でも！　殿下の方が危険な状態かもしれないじゃない！」

私は思わず大きな声を出していた。

今、どこでどんな状況なのか、誰にもわからないのに、待つしかできないなんて不安で胸が押しつぶされそうだ。

「お嬢様――」

「ごめんなさい、エレンヌ。でも、じっとしていられないの」

眉根を下げ、心配ないと言い聞かせるように微笑する。

「どなたか、私に馬を貸してください」

まだ騎乗していない参加者に声をかけると、彼らは一様に戸惑いの表情を見せた。

「あなたの馬がいいわ。少しの間貸してください」

私は近くにいた貴族令息に声をかける。

「ステラ様！　わかりました。ご一緒にまいりましょう。ただ危険だと判断した場合には引き返すことが条件です」

騎士団長は私が馬に乗れることは知っているので、引く気がないとわかると説得を断念して承知してくれた。

本来ならドレスの場合は横鞍をつけて乗るのだが、一刻を争う時にわざわざそれを取りに戻る暇も、着替える手間も惜しい。

「大丈夫ですか、ステラ様？」

乗馬服なら一人でも乗れるのだが、さすがにこの格好では手伝いがないと乗れない。それでも私はなんとか騎乗して手綱を握る。

「ありがとうございます。初めて乗せてくれるのに、おとなしくていい子ですね」

私は栗毛の馬の首筋を優しく撫でた。

馬の背に乗って優雅に散歩するのではなく、しっかりと跨って自分で馬を操るのは令嬢としては品がないとされる行為だ。だが、王族ともなると、緊急事態に備え、誰でも馬を駆れるように訓練を受けるのだ。十年に及ぶ妃教育も無駄ではなかったわ。

「では、いってくるわね」

ゆっくりと手綱を操り、林の方へ誘導すると、馬はすぐに私の行きたい方向へ連れていってくれる。

雨粒が徐々に大きくなってきて、被っていた帽子が強風でひゅっと吹き飛んだが、後ろを振り返ることはなかった。

「どうかご無事でいてください、ルドヴィク殿下」

大会前の彼の顔を思い出したら、またきゅっと胸が痛む。目の奥が熱くなって視界がぼやけたので、慌てて瞬きをして涙を弾き飛ばした。

林の中に入ると大会のコースは整備されている部分もあったが、倒木が横たわっている場所もある。さすがにそこまでの技量はないので、私は慎重に進んでいく。

「ルドヴィク殿下！」

名前を呼んでみても返答はない。あちこちで捜索隊が彼を呼ぶが、雨の音で聞き取りにくい。不安で胸が押しつぶされそうだった。

コースにいないのなら、何かトラブルがあって林の奥へ行ったのかもしれない。ここは自然の地形をそのまま生かしている。私は思い切って手綱を引き、コースを外れて下草が生い茂る方へ分け入っていった。

雨がますます強くなり、頭の先からずぶ濡れになる。伸び放題の枝葉が時々体にあたって、ドレスの裾が引っかかって一部が破れたりもしたが、いちいち気にしていられなかった。

この瞬間にも、ルドヴィクが助けを求めているかもしれないのに。

頬を濡らしているのが、雨なのか涙なのかわからない。ただ、ひたすらに前に突き進み、どんどん緑が濃い場所へ立ち入ったところで、私は馬を止めた。

「ルドヴィク殿下！」

こだますら響かない。耳を澄ませても、いつの間にか捜索隊の声も聞こえなくなっていた。代わりに閃光と、空を引き裂くような雷が轟いて、近くの枝にとまっていた大きな鳥が驚いて飛び去っていった。

「きゃあっ」

思わず悲鳴を上げて体を伏せると、馬が嫌がるように体を揺すった。

「ご、ごめんね……」

ひどい雨で、ドレスはすっかり重くなっている。馬も負担なのかもしれない。

私は慎重に馬から下りると、近くにあった大木に身を寄せる。

「どうしよう……ここ、どこかしら……」

雨ということもあるが、昼にしてはかなり暗い。周囲を見渡しても同じような風景が広がるばかりだ。夢中になっているうちにずいぶん奥へと来てしまったらしい。もしかしたらルドヴィクも同様に、林の深い所で迷っているのかもしれない。

耳をつんざくような雷鳴が、二度、三度と頭の上で響き渡り、私はその場にしゃがみこんで両腕で体をかき抱いた。

「ルドヴィク殿下……」

冷たい雨に打たれながら、私はうなだれた。

子どもの頃から、ずっとそばにいたのに、いることが当たり前で、いなくなることなんて考えたこともなかった。

「殿下……会いたいです……っ」

今、どこにいるのだろうか。無事なのだろうか。

私まで道に迷ってしまい、騎士団長や捜索隊にも迷惑をかけてしまっているにちがいない。雨が上がるまで動くことができないが、ここは自然の中だ。野生動物は鳥だけではない。あまり長居するのは賢明ではない。

辛抱強くじっとしていると、少しずつ雨雲が通り抜けていき、雷の音も遠ざかっていった。

やがて葉の間から日差しが射し込んできたが、それでもやはり周囲に変わったものは見当たらず、原生林といった感じだ。

水を含んだドレスは重くて立ち上がるのに難儀したが、裾を絞るといくらかましになった。

「あなたまで巻き込んでしまってごめんね。帰り道、わかる……わけないよね」

勝手に連れてきてしまったのは私だ。馬を撫でながら落ち込んでいると、ブルルと鼻を鳴らしながら馬が体の向きを変える。

「もしかして、帰る方向が――」

「ステラ！」

話しかけた瞬間、馬の視線の先から声が聞こえた。枝葉が生い茂って姿は見えなかったけれど、それはたしかに愛する人のものだった。

「ルドヴィク殿下！」

悲鳴に近い声で叫んだ私は、そちらをめがけて足を踏み出した。転びそうになりながらも必死で進むと、前方から馬に乗ったルドヴィクが現れた。彼も頭の先からずぶ濡れになっているが、大きな怪我の様子などは見受けられない。

「ステラ！　無事か!?」

ルドヴィクは頷く私の姿を認めると、急いで馬から下り、力いっぱい抱きしめてくれた。

「すまない。私を捜すために林に向かったと聞いた。ドレスの切れ端が枝に引っかかっているのを見つけたので、こちらに当たりをつけたのだが、動かずにいてくれてよかった」

痛いくらいの抱擁に、私も同じくらい彼を抱きしめ返す。

「もう……会えないかと……」

私はぼろぼろと涙を流して、彼の胸に頰を押しつけた。

「心配をかけて本当に申し訳ない。グエナエルの馬が暴れて道を外れたものだから、捕まえるのに時間がかかり、だいぶ迂回して会場に戻ってしまった。そうしたらステラが率先して林に向かったと聞かされて気が気ではなかった」

「だって、殿下が……殿下がいなくなったら、私、生きていけないと思って……」

しゃくりあげながら答えると、何度も頭を撫でられる。二人とも体は濡れて冷たくなってしまっていたけれど、心の奥はじんと温かい。

最初は、決して手の届かない憧れの人だった。そばにいられるだけで嬉しかった。

優しい眼差しで見つめられて、宝物みたいに抱きしめられて、夢みたいだった。

――でも、それだけじゃだめなの。

今はもうルドヴィクのいない世界なんて考えられない。

彼がいなくなったら、私がこの世に存在する意味なんてない。

「もう私を置いていかないでください。勝負なんて……しなくたって、私は、私の心はルドヴィク殿下のものなんです」

「君を泣かせるつもりはなかったのだ。ただ、どうしてもグエナエルには負けたくなかった。ステラを絶対に渡したくないと二十近くも年下の甥相手にムキになってしまった。いつでも君を一番に愛しているのは私だと証明したかった――」

どんなに難しい案件にも冷静沈着に対処するルドヴィクが、私のためにムキになる、って言った？　むしろそんな子どもっぽい一面がかわいい……なんて気を悪くされるかしら？

彼が勝手に勝負を受けたことに不満を持っていたのに、その言葉で心のわだかまりが泡のように溶けて消えていく。

一番に愛しているなんて、はっきり言われてしまったら責めることなんてできない。

「大人げないと笑われそうで、言えなかった。だが、そんな理由でステラを失いかけたことは大いに反省する。もう絶対に君を離さない」

「ルドヴィク殿下……」

私は泣き腫らした目元を緩めて、彼を見上げた。

葉の隙間から射し込んできた陽光が降り注いで、濡れた髪に弾かれる。

ああ、水も滴るいい男、というのだったかしら。髪の毛先から離れた雫がきらりと輝いて、私の頬に落ちた。

最初に会った時に、ルドヴィクが真っ先に私を助けてくれたことを思い出す。

「迷子になった幼い時のようだね」

ルドヴィクがそう言って私の濡れた頬を指先で拭ってくれた。同じことを考えていたのが嬉しくて私は顔をほころばせる。

「君の仕草や笑顔が、私のすべてだ」

「私もそうです。殿下の存在なしに私の人生は語れません」

今までも、これからも、ずっとそばにいられると思うと胸がいっぱいになる。

「半年後には……正式に、ふ、夫婦になれるのですね」

少し照れくさくて、私は頬を染めてはにかんだ。

「本当なら今すぐにでも結婚したいくらいだ」

ルドヴィクはそう言って眩しい微笑を浮かべる。

「殿下……」

心の中に運命の鐘が鳴り響いた気がした。

「いかなる困難も二人で乗り越え、溢れる幸せを君と分かち合うことを、ここに誓おう。ステラは？」

そう尋ねられて、私もにっこりと笑う。

「私も……つらい時は一緒に手を取り合って、嬉しい気持ちは何倍にも膨らませて笑顔でいることを誓います」

二人だけの即席の結婚式だ。

それぞれの瞳に互いの姿だけが映る。ゆっくりと距離が近づいて、触れ合う瞬間、私は目を閉じた。

優しいキスは、幸せな時間を閉じ込めて、遥か永遠にも感じられた――。


「ステラお嬢様！」

ルドヴィクとともに会場に戻ると、多くの人々は驟雨によって解散していた。激しい雷もあったため、国王夫妻も避難したとのことだ。そんな中でも待機してくれていたエレンヌの姿に目頭が熱くなる。

「心配かけてごめんなさい」

「いいのです。無事にお戻りになったのですから」

エレンヌはホッとしたように眉尻を下げる。

「やっと戻ってきたか、心配をかけるな」

天幕の中からしゃあしゃあと顔を覗かせたのはグエナエルだった。

「ずっとここにいたのですか？」

私は天幕を指さした。

「もちろん。国王不在の場を取り仕切る責任者は俺しかいないだろう」

グエナエルはドヤっと胸を張って答え、サラサラの髪をかき上げる。

「本当は濡れたくない、雷も嫌だとだだをこねて隠れていただけですよ」

エレンヌが耳打ちしてくれたので、私はあきれて糸目になった。

「おいっ、適当なことを言うな！　それより、雨で勝負が流れてしまいましたね、叔父上」

グエナエルはエレンヌを叱ってから、ルドヴィクの方にしれっと向き直った。

「はあ？　勝負はもうついているでしょう！　ズルしたくせに！」

私は腰に手を当て、気色ばむ。

「はっ。ズルだというなら、もう一度勝負してやってもいい。今度は林まで行かずに、その手前で引き返してくるだけのレースだっ」

まったく反省の色が見えない様子だ。怒りを通り越して同情すら覚える。

直線のコースだとグエナエルの馬の方が速かった気がするが、それをわかっていて言っているのだろう。

「そんな勝負――」

「受けてやろう。ズルをして勝っても嬉しくないだろうしな」

ルドヴィクは私の言葉を遮って、前に出る。

またムキになっているの!?

私の心を読んだみたいに、ルドヴィクは肩越しに振り返ると悠然と笑みを浮かべてみせた。それは自信というより確信的な表情だった。

私はエレンヌから乾いた外套を肩にかけてもらい、二人の勝負の行方を見守る。

「それでは——はじめ！」

その場にいた騎士団長の合図で、二人は雨上がりでぬかるんだ草原を、泥をはね上げながら馬を駆っていく。はじめこそグエナエルの方が優勢かと思いきや、林まで辿り着く前になんだか様子がおかしくなった。手綱を引いても馬が走らないのである。それに苦戦して馬を罵倒する声がかすかに届いたが、その間にルドヴィクが林まで到達し、悠々と引き返してくる。

ルドヴィクの姿を確認して慌ててグエナエルも戻ってこようとするが、馬は暴れながら絶対にグエナエルの指示通りに走らなかった。

「ルドヴィク殿下の勝利にございます！　おめでとうございます」

騎士団長をはじめ、残っていた者たちの拍手が沸く。

「よかったですね、ステラお嬢様！」

エレンヌに優しく背中を押されて、私は馬を下りたルドヴィクの方へ向かう。

「もしかして……こうなるとわかっていらしたのですか？」

おずおずと尋ねると、ルドヴィクは乾きかけた前髪をかき上げる。グエナエルがするとただの気障ったらしい仕草にしか見えないのに、ルドヴィクがするとどうしてこんなにも色気がだだ漏れなの！

ときめきバロメーターの針は完全に振り切れる。

「グエナエルの馬は主に似て神経質で綺麗好きなのだ。だからこういう場所では絶対に自分が汚れるような走りはしないと知っていた」

顔を赤らめる私の下にやってきたルドヴィクは、暴れる馬の上から助けを求める情けない声を上げているグエナエルを見やって笑った。

「グエナエル殿下はそれを知らなかったのですか……」

「雨の日に馬に乗ったことがないのだろう。学習不足なだけだ」

だいぶ年下の甥にムキになる子どもっぽくてかわいい一面があるかと思えば、どんな時でも冷静沈着で周囲を見る余裕があるルドヴィクは素敵だ。

やっぱり彼以上に素晴らしい人なんて、この世界にはいない。

遥か彼方に弧を描く七色の架け橋を背に立つルドヴィクは絵画から抜け出してきたみたいに完璧な構図で、私は帰ったらすぐにスケッチ帳を開こうと決意したのだった。

　――数日後。

「ステラには、どれだけ謝罪と感謝の言葉を送ればよいかわからぬ」

　国王からテーブルに額がつきそうなほど頭を下げられて、私は慌てて首を横に振った。

「へ、陛下！　おやめください。私こそ、公衆の面前で王太子殿下を叩くなんて、乱暴なことをしてしまい大変申し訳ありませんでした」

　同じように私も頭を下げる。

　ここは国王の私室だった。王の隣には王妃もすまなそうな顔をして腰かけている。私の隣の席にはルドヴィクが毅然とした表情で座っていた。

「いや。愚息はあれで目が覚めたようだ」

　あの後、グエナエル自ら隣国に留学したいと申し出てきたのだという。

　さすがにあれだけの人の前で恥をさらしたのだから、今更学び直したいと思っても自国ではやりにくいのだろう。

　それも自業自得だが、ルドヴィクとの約束を守り、心を入れ替える覚悟をしただけでも十分進歩したようだ。

「一年後には真人間になって戻ってくればよいが、向こうでも問題を起こしたらもう私はおしまいだ。なあ、今からでもおまえが次期国王に名乗り出るつもりはないか？」

　国王は弟に向かって手を合わせた。

「はぁ……それだけは勘弁してください」

ルドヴィクは、こめかみに手を当ててため息をついた。

「だが、私はもう胃が痛くてな……毎日薬が手放せないのだ」

「兄上。あなたが息子を信じてやらないでどうするのです」

「そうですよ、陛下。ルドヴィク殿下もステラも十分力を貸してくださったではないですか」

王妃が国王の肩に手を置く。

「ああ……それもそうだな。本当に迷惑をかけた。私も気を引き締めて、息子に冠を渡せる日まで、この国をしっかりと守っていこう」

私とルドヴィクはそんな国王夫妻に挨拶をして退室した。

「少し遠回りをしていこうか」

この後すぐにルドヴィクは仕事に戻らなくてはならない。わかっているのに寂しいなと思っていたところだったので、心を読まれたのかとドキッとしてしまう。

「しばらくは王宮暮らしが続くだろうが、グエナエルが心を入れ替えて王位を継承したら、私は今の職務を引退して公爵領で暮らそうと思う」

ゆっくりとした足取りで、王宮の渡り通路を抜けて薔薇園へ歩み入る。

幼い頃、ここで一人泣いているところをルドヴィクに見つけられた。

怒られるかと思ったのに、彼は優しく話を聞いてくれて、温かい手で頭を撫でてくれた。

悲しい色に沈んでいた泣き顔は、彼と別れる時にはもう薔薇色の笑顔に変わっていた。

ずっと憧れていた人は、今や心から愛する人――。

ガゼボのベンチに腰かけると、優雅な薔薇の香りに包まれる。

「振り回してばかりで申し訳ないが、君を大切に想う気持ちに変わりはない」

「ルドヴィク殿下……」

膝の上に置いた手にルドヴィクの大きな手が重ねられ、端整な顔を寄せられた。

優しい体温に吐息が閉じ込められて、胸がきゅうっと高鳴る。

二回目のキスだ。

「ルドヴィク殿下、愛しています……」

唇が離れて、私はほんのりと赤く染まった目元を伏せた。

「愛しいステラ。二人きりの時くらい敬称をはずしてくれないか」

「ふぇっ？」

「ル、ルドヴィク……様？」

唐突なお願いに、どきりと心臓が飛び跳ねた。

溜めに溜めて名前を呼ぶが、彼の返事はない。

「……ルドヴィク」

真夏でもないのに汗をかきながら、私は思いきって名を呼ぶ。

するとルドヴィクは耳を真っ赤にしてはにかんだ。

——その笑顔、反則！

すぐにその熱は私にも移って、何も言葉が出てこない。

「ありがとう、ステラ。私は幸せ者だ」

捨て身の勢いで求婚したのに、本当に一緒になれる未来が待っていたなんて。

「あなたの幸せは、私の幸せです」

そう言って微笑みかけると、そっと抱き寄せられた。

二人の想いが重なる、これ以上の幸福があるだろうか。

純白の花びらが春風に舞い上がった。それは温かい祝福の雨のように陽光を浴びながらゆっくりと降り注ぐ。


これが——捨てられた私が憧れの宰相様に勢いで求婚した話。

この話には続きがある。もちろん、それがどんなものか今の私にはわからない。

泣いたり笑ったり、かけがえのない時間を最愛の人と過ごしていくのだろう。

私はルドヴィクの温かい腕に包まれながら、これから先の未来に想いを馳せたのだった。

## エピローグ ―― ～幸せに包まれて～

婚約が正式に決まってからおよそ半年後、秋のよく晴れた日――。

王都ではいたるところに白薔薇が飾られていた。

私たちは極彩色の光射す大聖堂に並び立ち、夫婦の誓いを交わした。

ルドヴィクは光沢のある白の燕尾服を身にまとい、シャンパンゴールドのアスコットタイを締めていた。

歩く度に翻る燕尾がすらりとした長身の彼によく似合っていた。蜂蜜色の髪を軽く後ろに流し、艶やかな青い瞳が真っ直ぐにこちらを見つめてくるので、うっかり天に召されそうになる。

（この色気だけは……いまだに耐えられない）

ただでさえ神々しいのに、荘厳なオルガンの音色が響き渡ると、本当に神が降臨したかのような錯覚に陥った。

あまりの美しさに、覚えた手順も忘れそうになったが、その度に頭の中でエレンヌの「『ぴ！』にはお気を付けくださいませ」の言葉が思い浮かんだので、なんとかこらえることができた。

私の婚礼衣装は、ブランシュがメインとなって作製してくれたものだ。

純白のオフショルダーのドレスは袖の部分がフリルになっていて、とてもかわいらしかった。胸元はレースで覆われ、白薔薇を象ったシルクの飾りが、真珠の粒と共にあしらわれている。

前開きのドレープのついたシルクサテンのスカート部分は華やかに仕上がっていた。その後ろに優雅に流れるレースのトレーンは、王弟妃ということで、かなりの長さがある。

結い上げたミルクティー色の髪にはダイヤと真珠、そしてサファイヤを嵌めたティアラが燦然と輝きを放っていた。

周りを気にする余裕はなかったけれど、後から、「参列者の皆さんはお二人の姿に惚れ惚れとしておりましたよ」とエレンヌに教えてもらった。

大聖堂を出ると、多くの参列者が色とりどりの花びらを撒いて祝福してくれている。

青空に吸い込まれるように、聖なる鐘の音が遥か彼方まで響き渡った。

「世界で一番美しい花嫁だ、ステラ」

パレードの為に用意された二頭立ての屋根のない馬車が、白薔薇で華やかに飾りつけられている。

それに乗り込んで、ルドヴィクが蕩けるような笑顔を見せた。

「ずっと、このまま眺めていたい。私にも君くらいの才能があったら、忘れないように絵に残すのに」

「ふふ。私は帰ったら忘れないうちに描きます」

自信たっぷりに答えれば、ルドヴィクが少し困ったような笑みを零した。

「絵を描く時間があると思っている？」

サファイヤの目が意味ありげに細められる。

「え？　あ、王宮でも祝宴が開かれるのでしたよね。帰ってすぐには無理ですね」

真剣に頷いたのに、彼は唇に弧を描いたまま固まってしまった。

「な、何か変なことを言いましたか？」

どうして彼がそんな反応をするのかわからなくて、首をかしげる。

「いや……君らしくていい」

微苦笑するルドヴィクの姿に釈然としない気持ちもあったが、馬車が王都の中心部にさしかかり、歓声と拍手に包まれたので、私は彼らに応えるように手を振った。

同じようにルドヴィクが手を振れば、黄色い歓声が上がる。

結局、私は平民という扱いで妃となった。身分を気にする者もいて、フランソワ侯爵夫人などが書類上の養女とすることも提案してくれたが、王家がそれを辞退した。

もともと王弟というのは結婚の予定がなかった。娶った妃の実家の爵位によっては権力のバランスが崩れかねないとの判断だそうだ。

「ステラ様、ルドヴィク殿下！　ご結婚おめでとうございます！」

服飾店の前を通ると、ブランシュ達が目を輝かせながら花びらを宙に撒いてくれている。

「ありがとう！」

嬉しさが溢れて、笑顔で大きく手を振った。

沿道で待つ人々は、誰もが二人を盛大に祝福してくれている。

「『ミエル・ド・ロワ』にも行きましょうね。今度はちゃんと皆さんと同じように予約して」

甘い香りの漂うカフェの前を通り過ぎて、ルドヴィクに笑いかけた。

「ああ。もちろんだ」

きっと彼と二人で食べるパンケーキは、とびきり濃密な甘さで満たされるだろう。

「あなたと同じ時代に生まれてきてよかった、ルドヴィク……」

恥じらいの気持ちを滲ませて、夫の名を呼ぶと頬がほんのり熱くなった。

婚約して半年も経つのに、まだ敬称なしの呼び方が恥ずかしくて、どうしてもためらってしまう。

「私もステラと同じ時を歩めることを嬉しく思う」

美しく高貴なルドヴィクの笑顔からは、愛情が溢れているのがわかった。

――これからはずっとそばにいられるのね。

シルクのヴェールが羽のように軽く、乾いた秋風になびいた。

「愛している」

その言葉が心に染み渡る。

思わず感極まって瞳を潤ませると、抱き寄せられて優しく口づけられた。

通りの方から悲鳴のような歓喜の声と拍手が沸き起こり、ありえない量の花びらが、瞬く間に降り注いでくる。

「私も愛しています。ずっと、ずっと……」

二人の瞳の中にはお互いの顔しか映っていない。

いつまでも幸せでいられますように。

きっと、ルドヴィクと一緒なら歩いていける、どこまでも――。

# あとがき

こんにちは、あるいは初めまして、宮永レンと申します。この度は『捨てられ令嬢が憧れの宰相様に勢いで結婚してくださいとお願いしたら逆に求婚されました』を、お手に取っていただき、誠にありがとうございます。

本作は魔法のiらんど「第2回恋愛創作コンテスト」の年の差×溺愛♡部門にて奨励賞をいただいた作品を改稿（主に加筆）したものになります。

イケおじ（かわいい）のルドヴィクと限界オタク（かわいい）のステラの、じれじれラブストーリーを楽しんでいただけましたら幸いです。

素敵なイラストはテディー・ユキ先生に描いていただきました。大人で色気漂うルドヴィクと純粋で聡明なステラは、想像以上に素晴らしく、感謝の気持ちでいっぱいです！

さらに担当編集様をはじめ、本作の刊行に携わっていただいたすべての方に厚くお礼申しあげます。

またどこかで、皆様にお会いできることを切に願って――。

宮永レン

「捨てられ令嬢が憧れの宰相様に勢いで結婚してくださいとお願いしたら逆に求婚されました」
の感想をお寄せください。
おたよりのあて先
〒102-8177　東京都千代田区富士見2-13-3
株式会社KADOKAWA　角川ビーンズ文庫編集部気付
「宮永レン」先生・「テディー・ユキ」先生
また、編集部へのご意見ご希望は、同じ住所で「ビーンズ文庫編集部」
までお寄せください。

**捨てられ令嬢が憧れの宰相様に勢いで結婚してくださいとお願いしたら逆に求婚されました**

**宮永レン**

角川ビーンズ文庫　24307

令和6年9月1日　初版発行

発行者———山下直久
発　行———株式会社KADOKAWA
〒102-8177　東京都千代田区富士見2-13-3
電話 0570-002-301（ナビダイヤル）
印刷所————株式会社暁印刷
製本所————本間製本株式会社
装幀者————micro fish



ISBN978-4-04-115323-9C0193 定価はカバーに表示してあります。　◇◇◇